La Redención de San Isidro

Una historia de misericordia y amor

Padre Lorenzo Eduardo Tucker, SOLT

En Route Books & Media, LLC
St. Louis, MO

ENROUTE
Make the time

En Route Books and Media, LLC
5705 Rhodes Avenue
St. Louis, MO 63109

Portada por Jenny Willigrod y Sebastian Mahfood
Traductora: Margaret Posner

Número de Control de la
Biblioteca del Congreso: 2020935384

ISBN-13: 978-1-952464-77-5

DEDICATORIA

A mi Padre

(La siguiente historia se inspiró en hechos verdaderos.
Los nombres de las personas y los lugares han sido cambiados.)

CAPÍTULO UNO

—¿*Eres un SACERDOTE*? —gruñó el hombre furioso— ¡Si pudieras llamarlo hombre cuando la ira al rojo vivo se filtraba por cada poro de su sólido cuerpo de Brobdingnagian!—

Inicialmente, fue un poco difícil comprender la pregunta ya que estaba vestido con un traje negro de clérigo y hubiera sido difícil imaginar que fuera otra cosa que un sacerdote. Eran las 3 de la tarde y estaba en el pasillo de cereales de un supermercado de un gran almacén en El Paso, Texas, que, por alguna extraña razón, estaba prácticamente vacío con solo uno o dos compradores que yo podía ver. Yo era la única persona en el pasillo hasta que un hombre apareció de la nada y se acercó a mí. Parecía tener un poco más de cuarenta años de edad, alrededor de uno noventa de alto y ciento diez kilos de peso. Estaba sin afeitar, y su cabello largo y despeinado estaba en todas partes menos cerca de su cabeza.

Colocando su rostro maníaco a veinte centímetros del mío, me hizo darme cuenta de inmediato de que estaba en presencia de un individuo enfurecido que estaba a una milésima de perder cualquier apariencia de racionalidad o autocontrol. Hablar de una invasión del espacio personal de uno, evidentemente, todo el concepto de "límites" no tenía sentido para este individuo sumamente agitado que, debido al elevado volumen de adrenalina que corría por las venas temblorosas contra mis uno ochenta metros de altura y sesenta y cinco kilos de peso. ¡Podría haberme mordido la punta de la nariz sin siquiera darme cuenta!

Con calma mientras me obligaba a mirarlo, respondí: **—Sí—**

Todo tipo de pensamientos pasaban por mi mente, pero sabía por experiencia que esta no era una situación para la mente, esta era una situación para el Espíritu, entonces, inmediatamente, antes de que el hombre hubiera dicho una sola palabra, me sumergí profundamente en el Espíritu Santo y pude sentir que el Señor, por alguna buena razón, había organizado este misterioso encuentro. Los misioneros no están entrenados en las artes marciales, están entrenados para "vivir en el Espíritu", que es un entrenamiento mucho más valioso.

—¿Crees en Dios? —preguntó el lunático chillón y corpulento que todavía estaba posicionado directamente frente a mí como un león rugiente a punto de devorar a su presa.

—¿Qué tipo de preguntas son estas? —estaba pensando para mí mismo. Acababa de afirmar que, de hecho, era sacerdote. ¿Cuáles serían las posibilidades de que no creyera en Dios? Si bien no podía entender la razón de esta línea de preguntas, estaba extremadamente preocupado por hacia dónde se dirigía.

Una vez más, respondí con calma y afirmativamente: ***—SÍ—***

Tenía la esperanza de que con esta simple respuesta mi intrépido interrogador, satisfecho de descubrir que los sacerdotes realmente creen en Dios, concluiría su aterrador interrogatorio y se adentraría en la puesta de sol. Sin embargo, ese no fue el caso ¡a pesar de algunas poderosas ilusiones!

—¿POR QUÉ? —fue la siguiente pregunta amenazadora planteada por mi pesadilla caminante y parlanchina.

—¿Por qué yo, un sacerdote, creo en Dios? ¡Wow! ¡Quién hubiera adivinado que el monstruo que estaba frente a mí era en realidad un filósofo medieval sofisticado en busca de pruebas racionales de la existencia de Dios! Por supuesto, no era nada de eso. No obstante, tendría que responder a su pregunta o enfrentarme a la ira de un individuo que hubiera hecho que ¡Genghis Khan pareciera un musicoterapeuta!

—¡Porque Él cree en mí! —fue mi respuesta.

¿De dónde salieron esas palabras? No las conjuré, solo las dije (*"Cuando te arresten y te entreguen, no te preocupes por lo que digas, te será dado"*. Marcos 13:11) Así es cuando vives en el Espíritu. Si el Espíritu te mete en una situación, también te sacará. Sabemos esto como misioneros. Así es como se cumplen las misiones. Una misión no tendrá éxito a menos que el misionero se humille ante el Espíritu, reconociendo que es el Espíritu quien realmente está cumpliendo la misión, y el papel del misionero es simplemente seguir.

—Hace algunos años maté a un hombre. ¡Lo apuñalé tres veces en el corazón!—

Con estas palabras, se confirmó mi valoración original. El tipo que tenía delante era efectivamente capaz de asesinar, pero esa comprensión no alteró mi situación cada vez más desesperada. Me sentí aliviado de que no fuera otra pregunta con trampa: *"¡Responde correctamente y vivirás!"*

Esta vez, soltó una declaración algo parecido a una confesión, pero, dado el contexto, ¡qué confesión tan inquietante fue! Debido a que mantenía contacto visual con él nunca supe qué estaba haciendo con sus manos. Quizás en ese mismo momento estaba agarrando un cuchillo y se estaba preparando para clavarlo en mi corazón ¡tres veces! De repente, fiel a su forma y con una extraña mezcla de rabia y remordimiento, me lanzaron la pregunta final junto con el aliento más atroz y nauseabundo acompañado de una abundante saliva. En secreto, esperaba que quizás la fase inquisitorial de este macabro encuentro hubiera terminado, pero ahora, estaba muy claro que aún quedaba una pregunta intimidante por responder, y que una palabra equivocada o un movimiento en falso, bien podrían ganarme un corazón traspasado tres veces.

—¿Crees que Dios ME ama?—

Dudé por un momento, queriendo estar seguro de que no va a

enmendar de alguna manera esta cuestión culminante de su verdaderamente horrendo interrogatorio. Reflexioné sobre cómo en comparación con cualquier otro pensamiento expresado hasta ahora por este desafortunado ser humano, esta pregunta en particular, al menos para mí, era la más coherente y parecía explicar todo el desconcertante encuentro. Luego, lenta y deliberadamente, sin haber salido aún del estado contemplativo en el que me había sumergido, respondí con mi declaración final:

—No... no "creo" que Dios te ame. ¡YO SÉ que Dios te ama!—

Inmediatamente, como si yo (o algo) le hubiera dado un fuerte empujón, el hombre se alejó de mí a una distancia de unos dos metros. Se quedó allí mirándome mientras ¡todo su semblante y comportamiento se transformaban por completo! Ante mis ojos pasó de ser un verdadero Minotauro (una criatura de la mitología clásica con cuerpo de hombre y cabeza de toro), a ser algo parecido a un ángel, una criatura celestial vestida de belleza y luz. Y así como el Minotauro fue encarcelado en un laberinto (en mi caso, los pasillos de la tienda) y, de manera cotidiana, se le proporcionó seres humanos vivos para alimentarse, también podría haber terminado siendo una especie de ofrenda de sacrificio a esa bestia. El Minotauro de la leyenda fue derrotado por *Teseo*, un héroe griego de Atenas. Mi "Minotauro" fue derrotado por el Espíritu Santo ¡El héroe de los héroes del Cielo! Y mientras que la criatura del laberinto era un mito que fue derrotado por un personaje mitológico, mi colosal antagonista era un ser humano real, de carne y hueso, que no solo fue derrotado, sino que también fue restaurado y recreado por el poder del Espíritu.

Después de aproximadamente cinco segundos, el ex-Minotauro se volvió y, sin una palabra, como si caminara en el aire, "flotó" por el pasillo en un estado de euforia elevado dándose cuenta de que ahora, ¡era una nueva creación! ¡Así es como el Dios eterno y vivo "hace la vida" siempre la hace en abundancia (*"! ...apretada, sacudida y rebosando!"*. Lucas 6:38).

Mi nombre es Fray John Landon, pero la mayoría de la gente me llama simplemente: Padre Jack. Soy miembro de una nueva comunidad misionera llamada: *Los Misioneros de Santa María y Las Tres Divinas Personas.* La sede de la comunidad se encuentra en Las Cruces, Nuevo México. Nací en Brooklyn, Nueva York, en 1962. Mi madre es abogada y mi padre es médico de familia. Solo estoy incluyendo esta pequeña biografía, Jimmy, porque algún día quizás quieras compartir esta historia con alguien que no me ha conocido y no sabe nada sobre mí. Por supuesto, tú, siendo mi sobrino e hijo único de Helen, mi hermana viuda y única hermana, me conoces muy bien. Estaba tan complacido con tu entusiasmo y fe cuando tú, a los dieciocho años y camino a la universidad, me rogaste que "escribiera en un papel" una de mis aventuras misioneras para que la tuvieras a mano para recordar y disfrutarla por el resto de tu vida. Reflexioné sobre tu edificante solicitud, Jimmy, así como, sobre las diversas misiones que he tenido y decidí contarte la maravillosa historia de San Isidro.

Comencé este pequeño "diario de misión", con el relato de una experiencia extraña y enigmática que tuve una tarde en un Walmart. Pensé que les ilustraría de una manera muy poderosa y concisa, la dinámica espiritual esencial del trabajo misionero: ¡Se trata del Espíritu! Actúa cuando quiere, donde quiere y como quiere.

Sé que piensas muy bien de mí, Jimmy, pero te puedo asegurar que no hay nada especial o extraordinario en mí. No soy diferente a ti ni a nadie más. Me veo a mí mismo como un aspirante a un alto ideal, pero quedo corto la mayoría de las veces. A pesar de ese déficit, esta actitud me hace más consciente de mi pequeñez y de mi absoluta necesidad de asistencia Divina. Esta ineludible conciencia me ha llevado a una forma de ser que llamo: *vivir en el Espíritu*. Por eso, Dios puede, y lo hace: usarme. Este regalo, Jimmy, es la clave para entender la historia.

He elegido compartir contigo una historia que llamaré, por el bien de esta narrativa: *La Redención de San Isidro.*

CAPÍTULO DOS

La misión de San Isidro comenzó de la misma manera que la mayoría de las misiones: un obispo se comunicó con nuestra comunidad y pidió nuestra ayuda. Dijo que el lugar donde nos necesitaba, San Isidro, era una pequeña ciudad de unas 50,000 personas ubicada dentro de los límites de la Arquidiócesis de Chihuahua, México. Lo que sucede muy a menudo, es que la descripción que dará el obispo de la misión en cuestión es intencionalmente incompleta. Tal fue el caso de San Isidro. Si el obispo revelaba todo lo que sabía sobre la misión, especialmente aquellas cosas que harían que ésta fuera mucho menos atractiva, podría tomarle un período prolongado e inaceptable para encontrar una comunidad estadounidense dispuesta a aceptar la responsabilidad de la misión.

—Pase, Padre Jack... tome asiento —dijo mi superior religioso, el Padre Tom, en un tono alegre y acogedor. El Padre Tom era el santo cofundador de la comunidad y, a los setenta años, era más ágil y enérgico que yo, que tenía cincuenta años en ese momento. —¿Tiene alguna idea de por qué quería reunirme con usted hoy, Padre Jack?—

—No, en realidad no, Padre Tom. Pensé que tal vez estaba planeando salir de la ciudad y necesitaba a alguien para cubrir su misa dominical—

—Es notable lo cerca que está su respuesta a la verdad, Padre Jack. Dale la vuelta a todo lo que acabas de decir y aplícalo a ti mismo y tu conjetura será correcta. Verás, ¡espero que seas tú el que salga de la ciudad y que realice la misa dominical! Padre Tom fue un maestro o debería decir, un artista a la hora de marcar el tono y plantear la propuesta de una nueva misión en un contexto muy amigable y agradable.

—¿Necesita que salga de la ciudad y celebre una misa en algún lugar, Padre Tom? Claro, no hay problema. ¿A dónde le gustaría que fuera? —respondí, todavía completamente inconsciente del hecho de que el Padre Tom estaba en el proceso de proponer una nueva misión en el extranjero.

—¡San Isidro, Chihuahua, México! —me sorprendió el Padre Tom con alegría infantil; como si supiera muy bien cuán "desprevenido" me había pillado y, por lo tanto, cuán completamente sorprendido estaría.

—¿Eh? ¿Qué? Um... te refieres a *Nuevo* México, cierto, Padre.

—¿Tom? —pregunté, en un estado de total desconcierto.

—¡¡NO!! Me refiero a Chihuahua... ¡*Viejo* México! Ya sabes... Pancho Villa, "Black Jack" Pershing (fuerza expedicionaria), ¡la Sierra Madre! OK... Jack, déjame explicarte: el obispo Martínez de Las Cruces me llamó ayer y me dijo que un viejo amigo suyo, el nuevo arzobispo de Chihuahua, realmente necesitaba nuestra ayuda. Dijo que estaría muy agradecido si pudiéramos ayudar a su viejo amigo, el Arzobispo Cantú, SJ, porque aparentemente el arzobispo, quien es un recién llegado a la arquidiócesis y solo ha estado en el cargo durante un año, sonaba bastante preocupado cuando habló con Obispo Martínez. Le preguntó al obispo Martínez si sabía de algún grupo que pudiera cubrir una misión importante para él. Le dije al obispo Martínez que el único sacerdote que posiblemente podría irse en este momento sería usted... y eso requeriría que lo liberara de su puesto de párroco de su parroquia en Las Cruces. El obispo estuvo de acuerdo de inmediato. Eso debería decirle algo sobre esta misión, el Padre Jack.

—Lo hace, Padre Tom... suena urgente —respondí— ¿Qué sabe usted de la misión, Padre Tom... aparte de su nombre y ubicación?—

—El arzobispo necesita que creemos una nueva parroquia en la zona más pobre de la ciudad. Esa nueva parroquia será la base desde la cual daremos servicio a seis capillas misioneras, muy distantes... la más alejada de las cuales, usando un primitivo camino de tierra sobre un terreno muy accidentado, está a seis horas en auto desde San Isidro. Cuatro de las capillas se encuentran en pequeñas aldeas del desierto. En español, un pueblo como este se conoce como ejido. Dos de las capillas están asociadas con minas... minas de plomo y plata. Las seis capillas son parte de lo que se conoce como: La Misión del Desierto de Chihuahua; una de las misiones más difíciles del mundo debido a la distancia entre las estaciones de misión, el paisaje peligroso, la ausencia de agua, electricidad o comunicaciones de cualquier tipo. Eso es todo lo que sé sobre la misión, Padre Jack. ¿Qué piensas? Sé que amas México... ¿te interesa?

—Por supuesto, el Padre Tom... inscríbeme! ¿Tienes otros en mente que puedan acompañarme? Suena como una misión que requerirá un equipo experimentado —dije, con suerte, dándome cuenta de que teníamos muy poco personal disponible; especialmente miembros que hablan español.

—Solo se me ocurren dos y me gustaría que fuera usted quien los invitara... ambos son viejos amigos suyos: el hermano Gabriel y Brian Walsh.

El hermano Gabriel hablaba español y tenía experiencia trabajando en México, pero también tenía muy mala salud. Aunque tenía 68 años, su médico dijo que su estado de salud era como el de una persona de 88 años. El hermano nació con hidrocefalia, que puede afectar el cerebro, y ese impacto casi siempre es negativo. Sin embargo, en el caso del hermano Gabriel, la condición lo dejó con un recuerdo tan agudo que probablemente podría ser clasificado como una especie de sabio. Al mismo tiempo, lo dejó con una cabeza algo más grande de lo normal y nunca pudo encontrar un sombrero que le quedara. Era un misionero fabuloso y su consejo y sus conocimientos serían de gran ayuda.

Brian era un miembro laico de la comunidad de 78 años y un constructor jubilado. Aprendió construcción como un Seabee (abeja constructora) de la Armada en la Segunda Guerra Mundial y luego estableció una empresa de construcción muy exitosa en Long Island, Nueva York. Brian tenía forma especial de pensar que se puede resumir en que: siempre que se está llevando a cabo un proyecto de construcción, siempre surgirá al menos un problema extremadamente problemático. Brian era famoso por dar un pequeño paseo, durante el cual rezaba el rosario, y regresaba con la solución más sorprendente a lo que inicialmente parecía un enigma devastador y completamente insoluble. Los tres éramos del área metropolitana de Nueva York, así que cuando nos encontramos en la misma comunidad, nos llevamos bastante bien.

Cuando se está formando una nueva misión, la palabra tiende a filtrarse extremadamente rápido. ¡Entonces resultó que tanto el hermano como Brian *vinieron a verme* y me preguntaron si podían unirse al nuevo equipo misionero! Por supuesto, estaba muy feliz de tenerlos, a pesar de los problemas de salud de mi hermano y la edad avanzada de Brian... especialmente porque lo sabía, basándome en lo que el Padre Tom había compartido conmigo, no habría nadie más voluntario. Aunque mi "lista de deseos" pedía a gritos un equipo más joven, sabía por experiencia y entrenamiento que el Espíritu estaba trabajando y que este equipo inusual había sido escogido a dedo, hecho a medida, por así decirlo, para esta misión en particular; de la que, en verdad, sabía muy poco.

Cuando le pregunté al Hno. Gabriel por qué quería ir conmigo a San Isidro, me dijo que su verdadero amor era estar en el campo, pero por su mala salud, siempre le dieron una asignación "interna", secretarial-administrativa, como el que tenía en ese momento. Le aseguré que sería más que bienvenido y que estaba muy agradecido por su voluntariado. Luego, le pregunté a Brian por qué quería unirse al equipo.

—Puede que lo hayas notado, Padre Jack... voy a llegar allí en años —confesó en un tono suave pero serio: "Cualquier cosa me puede a pasar en cualquier este momento. Quiero morir en el campo, sirviendo en la misión 'con mis botas puestas', por así decirlo". Sin lugar a dudas, Brian fue uno de los misioneros más dedicados e inspiradores que he conocido, por eso me complació tanto que se ofreciera como voluntario para unirse al equipo. Pero su respuesta a mi pregunta no fue la respuesta normal que daría un miembro potencial del equipo. Tampoco fue una manifestación del gran amor por los pobres que era tan típico de Brian. ¿Había caído repentinamente, en su último año, bajo el hechizo de la filosofía del *Objetivismo* de Ayn Rand, donde el altruismo es rechazado en favor del egoísmo y el interés propio? No es probable. El "deseo de muerte" de Brian fue probablemente más parecido a los sentimientos expresados por San Ignacio de Antioquía, el gran Padre Apostólico de la Iglesia naciente que fue nombrado para la Sede de Antioquía por el mismo San Pedro. Y quien, mientras lo transportaban a Roma para ser ejecutado por animales salvajes en el Coliseo, dijo lo siguiente:

> *Les escribo a todas las iglesias y les pido a todas que muero de buena gana por el amor de Dios, si no lo impiden. Te lo ruego, no me hagas una bondad intempestiva. Permíteme ser devorado por las bestias que son mi forma de llegar a Dios. Yo soy el trigo de Dios y seré molido por los dientes de las fieras para convertirme en el pan puro de Cristo.*

Sin embargo, quería estar seguro de que la respuesta un tanto inusual de "deseo de muerte" de Brian no se convertiría en un problema, y que su orientación sería servir a los demás y no solo a sí mismo.

—Brian... ¡Odio decepcionarte, pero morir no está en la agenda! Tenemos una enorme cantidad de trabajo por hacer. Hay enormes necesidades en la misión de San Isidro, y nuestra responsabilidad será atender esas necesidades espirituales y materiales lo mejor que podamos.

—OH, lo sé, lo sé, Padre Jack... ¡y es exactamente por eso que quiero ir contigo y con mi hermano! Mi corazón está con esas buenas personas y quiero usar todas mis habilidades para servirlas. Olvídate de esas cosas de 'querer morir'... me equivoqué —respondió Brian de una manera emocionada, haciendo todo lo posible para controlar los daños. Pero no me lo tragaba. Brian era la persona más honesta y directa que podrías desear conocer; dijo lo que quiso decir, y quiso decir lo que dijo. Estaba bastante seguro de que él esperaba que Dios lo llevara a casa mientras servía en San Isidro. ¿Estaba preocupado por esta actitud? No en realidad no. En realidad, me alegré de que se sintiera cómodo expresando lo que había en su corazón... un corazón muy noble, sin duda. Además, fue bueno para mí, como líder del equipo y como hermano misionero, saber cómo se sentía con respecto a su vida en ese momento desafiante de su viaje.

—¡Harás muchísimo bien en San Isidro, Brian! Estoy tan feliz de tenerte a bordo... ¡será un honor y un placer servir contigo! ¡Gracias por unirse al equipo! —dije con sincera gratitud y entusiasmo.

La parte más difícil de cualquier misión es la formación real del equipo. Habiendo dejado atrás eso, era hora de pasar a la fase dos: Investigación. Dado que era una misión completamente nueva, no solo no sabía nada al respecto, nadie en la comunidad tenía información al respecto tampoco. Algunos misioneros sostienen la posición de que en tal situación el equipo no debe hacer ninguna investigación y debe confiar e ir a la nueva misión en la plenitud de la fe. Personalmente, nunca me he suscrito a esa forma de pensar cínica y algo fanática y siempre la he encontrado irresponsable, contraproducente y una receta segura para el desastre. Y así, actuando como líder de equipo responsable, me propuse hacer algunos deberes. Lo que descubrí en mi investigación inicial me dejó con algunas preguntas serias.

Como mencioné anteriormente, puede estar seguro de que lo que le han dicho sobre la misión es solo la punta del iceberg... una punta benigna y atractiva. Pero la sección más grande escondida debajo de la superficie es generalmente suficiente para hundir el Titanic, o en este caso, ¡un equipo de misión experimentado, bien diseñado y cuasi indestructible! Según mi investigación en Internet, San Isidro se perfilaba como una misión clásica de “iceberg” con muchos aspectos misteriosos. A veces, esta dimensión tácita produce cosas maravillosas que le dan a la misión un cierto encanto, una "persona" encantada que puede ser muy atractiva. Pero, la mayoría de las veces, uno encuentra cosas... cosas serias... para las que hay que estar preparado.

La misión de San Isidro no fue diferente. Lo que descubrí mientras investigaba el área que rodea a San Isidro fue que había dos pequeñas ciudades cercanas que tenían aproximadamente la misma población que San Isidro... cincuenta mil personas. "Gran cosa"... se podría decir. "¿Qué es tan inusual en tres ciudades pequeñas en un área determinada que tienen casi la misma población exacta?" ¡Nada! Pero lo que sí encontré inusual fue que cada una de las otras dos ciudades, San Marcos y San Carlos, tenían tres parroquias. San Isidro solo tenía uno. ¿Por qué? Casi todos en México en ese momento eran católicos, por lo que se necesitarían al menos tres parroquias para atender a una población de cincuenta mil. San Isidro era la ciudad más antigua e histórica... entonces, ¿por qué solo una parroquia?

Mi instinto me dijo que algo andaba mal con esta imagen. Tenía que haber alguna razón por la cual no se desarrollaron otras parroquias en San Isidro. ¿Cuál podría ser esa razón? Mi instinto me dijo que esta era una pregunta importante y que la respuesta podría explicar la verdadera razón de nuestra misión. ¿Podría la explicación ser simplemente que había escasez de sacerdotes? No. En ese momento México tenía un excedente de vocaciones, tanto que se enviaban sacerdotes mexicanos a Estados Unidos.

Mientras continuaba investigando la pregunta, descubrí otra información interesante: el párroco de San Isidro, el Padre Gómez, había sido el pastor allí durante los últimos treinta años. Si bien ser párroco de una parroquia determinada durante prácticamente la totalidad de la vida sacerdotal no es poco común en México, encontré este "reinado" extendido en particular muy intrigante dada la condición pastoral subdesarrollada y de larga data de la pequeña ciudad. ¿Tuvo algo que ver este párroco de largo tiempo con la escasez de parroquias en San Isidro? ¿Acaso él, de alguna manera, y por alguna misteriosa razón, suprimió realmente el desarrollo de nuevas parroquias?

No estaba simplemente curioso con respecto a esta pregunta. Teniendo en cuenta el hecho de que íbamos a San Isidro con el propósito expreso de iniciar una nueva parroquia, ¡estaba muy preocupado! ¿Tendríamos que lidiar con un "rey" que haría todo lo posible para preservar su "reino"? Llevar a cabo una misión transcultural en una nación en desarrollo es, en sí mismo, muy desafiante y está plagado de peligros potenciales de todas las variedades imaginables. Pero agregue a esta mezcla ya volátil a un pastor que ha estado allí durante 30 años, conoce a todos y todo, y que ve a los misioneros gringos (¡de Nueva York, nada menos!) Como "invasores"... ¡ah que cosas me esperan!

Por supuesto, todo esto fue pura especulación y constituyó el peor de los casos, construido sobre una posibilidad remota. A pesar de todo eso... la pregunta me perseguía. ¿Por qué el ministerio pastoral en San Isidro, comparado con las ciudades cercanas, fue atrofiado en cuanto al desarrollo de nuevas parroquias? Con suerte, la respuesta a esa pregunta fue menos amenazante y más comprensible que la hipótesis desalentadora con la que estaba jugando en ese momento. En cualquier caso, estaba claro que sería necesario realizar más investigaciones, no necesariamente a través de Internet.

CAPÍTULO TRES

—Buenos días, Padre Gabriel. Hoy me dirijo a El Paso para hacer una pequeña investigación "sobre el terreno" sobre la misión de San Isidro. Necesitamos saber más sobre San Isidro. Espero encontrar a alguien en El Paso que sea de allá, o alguien que al menos sepa mucho al respecto. ¿Te gustaría unirte a mí?—

—Por supuesto que sí... con mucho gusto, ¡Padre Jack! Entonces, ¿cuál es el plan... cómo vamos a hacer esto? ¿Cuál es tu preocupación por San Isidro?—

—Claramente, hermano, esta es una misión muy importante. Pero cuanto más oro y reflexiono sobre la situación, más tengo la sensación de que algo anda mal. Tengo una sensación cada vez mayor de que sí vamos a tener éxito en esta misión... no podemos 'ir en frío'; tenemos que entrar conectados. Tenemos que encontrar a alguien que pueda conectarnos con los 'líderes católicos' en San Isidro antes de que siquiera pongamos un pie en el lugar. Aquí está el plan, hermano: ¿te acuerdas de Carmelita... la maestra de escuela, anciana, santa, jubilada que nunca se casó y que vive como una monja? Nos invitó a cenar un par de veces cuando estábamos trabajando al otro lado del río en Juárez. Bueno, ella es una leyenda en El Paso por ser la *figura de sabiduría* más importante de la ciudad, y me han dicho que conoce a prácticamente todo el mundo. Si alguien puede ayudarnos en nuestra búsqueda para encontrar a alguien en El Paso que pueda proporcionarnos información valiosa sobre San Isidro... es Carmelita.—

—No podría estar más de acuerdo, Padre Jack. ¡Hagámoslo! ¿Recuerdas dónde vive?

—Ahora, hermano, seguramente no vamos a empezar a confiar en mi memoria... ¡ese es *tu* área!

—Por supuesto que es. ¡Solo llévanos a El Paso y te llevaré directamente hasta la puerta de su casa! —respondió el Hno. Gabriel, con confianza.

Carmelita era una mujer muy rica, pero impredecible. Ella y su hermana eran dueñas de un rancho no lejos de El Paso. Se descubrió petróleo en el rancho y desde entonces las hermanas nunca han querido nada. Lo maravilloso de Carmelita fue que, aunque podría haber elegido vivir en una comunidad cerrada de élite, prefirió salvaguardar su vida espiritual viviendo en una modesta casa de tres habitaciones en un barrio residencial normal. Incluso, convirtió uno de los dormitorios en una pequeña capilla donde pasaba una buena parte de cada día rezando la Liturgia de las Horas. A los 92 años, todavía estaba perfectamente sana y estaba dispuesta a escuchar a cualquiera que viniera a verla. Ese era su don... ella escucharía. Si hablaba, casi siempre era sabiduría del más alto nivel. Carmelita era perfectamente bilingüe y podía pasar del inglés al español sin esfuerzo. Pesaba alrededor de cuarenta kilos y menos de un metro cincuenta de estatura. Hablar de *petite*... solía decirle al hno. Gabriel, que, si alguna vez tuviéramos que llevarla a escondidas a México, ¡podríamos traerla en un estuche de guitarra!—

—Pase, Padre Jack y hno. Gabriel... ¡es tan bueno verte! Por favor... entra y siéntete como en casa. ¿Ya almorzaste? Déjame traerte algo— dijo Carmelita mientras nos recibía graciosamente en su humilde hogar.

—Muchas gracias, Carmelita —dije— pero acabamos de almorzar en Rosa's, el restaurante, Carmelita, pasamos porque necesitamos tu ayuda.

Acabamos de recibir una nueva asignación de misión a San Isidro, Chihuahua, México... un lugar del que no sabemos nada. Esperábamos encontrar a alguien aquí en El Paso que sea de San Isidro, y ambos acordamos que, si hubiera alguien, cualquiera que pudiera señalarnos en la dirección correcta... esa serías tú. ¿Conoce a alguien a quien pueda recomendarnos?

—Sí, Padre... conozco a alguien —respondió Carmelita alegre y con aire de certeza. Necesitas hablar con Sara Davis. Sara es de San Isidro. Su hermana Mónica vive en San Isidro con su esposo Jorge. Son dueños de un rancho famoso, San Lorenzo, no muy lejos de San Isidro. Sara perdió a su esposo, el Doctor Rodolfo Davis, hace solo dos años. El Dr. Rodolfo fue uno de los médicos más queridos y respetados de El Paso. Sara también es dueña de un rancho espectacular en México, San Miguel, aproximadamente a una hora en las afueras de Juárez.

—Sara Davis ciertamente suena como la persona adecuada, Carmelita. ¿Sabes dónde vive? Si es así, iremos a verla ahora mismo.

—Sé dónde vive, pero no recuerdo el número de la casa. Miremos en la guía telefónica... Estoy seguro de que aparecerá en la lista.

—Sí, claro, aquí está, Carmelita. Muchas gracias, Carmelita. ¡Que Dios los bendiga y los cuide! ¿Nos disculpas ahora? Te haré saber cómo va nuestra reunión con Sara. Vámonos, Hermano!—

Encontramos la casa de Sara sin ningún problema, tocamos el timbre de la puerta principal y nos quedamos allí con nuestros hábitos religiosos blanquecinos, esperando ansiosamente que se abriera la puerta y preguntándonos cuál sería la reacción de Sara al ver a dos religiosos desconocidos parados afuera de la puerta de su entrada.

—Buenas tardes. Mi nombre es Padre Jack Landon, y este es el hermano Gabriel. Esperábamos hablar con Sara Davis.

—Soy Sara Davis. ¿Necesitas mi ayuda? respondió con calma, mientras misteriosamente leía mi mente.

—¡SÍ! Sí... ¡necesitamos tu ayuda!

—Pasa. Por favor, siéntate... siéntete como en casa… dime, ¿qué puedo hacer por ti?

—Somos miembros de una comunidad religiosa relativamente nueva llamada: Los Misioneros de Santa María y las Tres Divinas Personas, que tiene su sede en Las Cruces, Nuevo México. Acabamos de recibir una asignación de misión a San Isidro, Chihuahua, México. No sabemos casi nada sobre San Isidro, y cuanto más oraba, más sentía que sería prudente reunir tanta información como pudiera antes de ir a San Isidro. Carmelita Hernández recomendó que hablemos contigo. Tengo la sensación, Sara, de que hay algunas cosas importantes que debemos saber. ¿Estoy en lo correcto? ¿Puedes ayudarnos?

—Sin duda tiene usted razón, Padre Jack, y sí... puedo, y lo haré, te ayudaré. Dime, Padre Jack, ¿cuál es exactamente tu misión?

—Nuestra misión es establecer una parroquia nueva que sirva a los más pobres de los pobres en San Isidro. Y usando la nueva parroquia como nuestra base, organizaremos un alcance misionero a cuatro ejidos y dos minas ubicadas en la Misión del Desierto de Chihuahua.

—Padre Jack —comenzó Sara en un tono muy serio. ¡No tienes idea de lo providencial que fue esa inspiración para buscarme! Si hubieras ignorado al Espíritu, así como tu propio buen juicio, y hubieras ido directamente a San Isidro, tu importante misión... y es una misión muy importante... ¡probablemente hubiera sido un completo fracaso!

—Vaya, Sara... ¡esto es simplemente increíble! ¿Puedes creer esto, hermano? ¡Mira lo bueno que es el Señor! Realmente debe querer que esta misión tenga éxito.

—¡Oh... no hay duda de eso, Padre Jack! Puedo asegurarles que el Señor quiere que su misión tenga éxito. Verá, el Padre Jack, están sucediendo cosas en San Isidro a nivel pastoral que, si hubieras ido allí sin prepararte para ellas, ¡tu misión habría terminado antes de comenzar!

—Dime, Sara; ¿estas 'cosas que están pasando' ...tiene que ver con el Padre Gómez?

—Sí —respondió Sara.—

—Y es porque ¿el Padre Gómez es muy protector con su 'territorio'? —le pregunté… sintiéndome orgulloso de mí mismo por haber descubierto esto por mi cuenta.

—Sí, pero, Padre Jack, hay más. Y este 'más' es la razón por la que el Padre Gómez está tan empeñado en proteger el "mundo" que se ha establecido en San Isidro. Verá, Padre Jack, el Padre Gómez es un hombre muy atribulado... está viviendo una doble vida. Por un lado, se las arregla, de alguna manera, para mantener apenas su parroquia en expansión; pero, al hacerlo, explota a todos... especialmente a los pobres. Padre Gómez es un jugador compulsivo... un adicto. Utiliza su posición de sacerdote para asegurarse el dinero que necesita para alimentar su adicción. Da la casualidad de que, aunque no tienen mucho... los pobres son los más fáciles de 'desplumar'. Usted está siendo enviado por Dios a San Isidro, Padre Jack, para rescatar a los pobres de esta situación escandalosa proporcionándoles una nueva alternativa... ¡una parroquia propia!

—¡Estoy... estoy... prácticamente sin palabras, Sara! Yo... nunca hubiera pensado que algo como lo que acaba de describir pudiera ser posible. ¡Estoy realmente sorprendido por lo que acaba de compartir con nosotros!

—Entiendo, Padre. Es impactante... horrible, de verdad. Pero ahora puedes ver por qué te dije eso, sin respaldo... tu equipo nunca sobreviviría en San Isidro.

—¿Pero por qué se ha permitido que esto continúe durante tanto tiempo? —pregunté, completamente desconcertado.

—El juego no es ilegal... ni va en contra de la enseñanza de la iglesia. Sí, obviamente... la explotación de los pobres es gravemente ofensiva. Pero, ¿cómo lo demuestras? Es mucho más difícil de lo que imagina, especialmente en México, donde hay tanta pobreza que generalmente se da por sentado... y el Padre Gómez es tan hábil como parece. Siempre que mantenga unida a la parroquia y cumpla con sus requisitos básicos y sacramentales, y responsabilidades como sacerdote... puede salirse con la suya.

—Sí... estoy empezando a entender, Sara. No es como una adicción al alcohol o las drogas, que generalmente consume a la persona y la deja más o menos incapacitada. ¿Cree que el nuevo arzobispo conoce al Padre? ¿Su trastorno del juego y su explotación hacia los pobres?

—Creo que él lo sabe; muchos sacerdotes de la zona lo saben. Por alguna razón desconocida, el arzobispo anterior decidió no abordarlo. El arzobispo Cantú, sin embargo, es jesuita y es bien conocido por su especial amor por los pobres. Es muy poco probable que alguna vez tolere su explotación o abuso... especialmente por parte de un sacerdote bajo su jurisdicción; se sentiría obligado a abordarlo de alguna manera. Evidentemente... ¡eres el 'camino' que ha elegido!

—Sara... ¿crees que el Padre Gómez estaba 'comprando' la tolerancia del arzobispo anterior a esta situación tan irregular?

—Odio decirlo, Padre Jack, pero no me sorprendería. Han sucedido cosas más extrañas y corruptas. Padre Gómez pudo haber estado dando al arzobispo "obsequios especiales"... obsequios monetarios... en Navidad y Pascua. Se sabe que los sacerdotes intentan ganar influencia de esta manera. Como dije... ciertamente no sería la primera vez que este tipo de corrupción está en juego en la Iglesia. El abuso de las finanzas de la Iglesia por parte de pastores y obispos es un problema muy grave que recién ahora se está reconociendo; y casi siempre... son los pobres los que más sufren por esta forma insidiosa de corrupción.

—Bien dicho, Sara. Qué tristeza. Aunque el juego, en sí mismo, no es un pecado ni es ilegal, ¡la explotación de los pobres es un pecado que clama al cielo! Puede que nunca sepamos la verdad sobre los detalles de este largo 'reinado del terror', pero al menos ahora sé exactamente a qué nos enfrentamos. Vine aquí hoy para su ayuda e información sobre el estado de la Iglesia en San Isidro. Tenía la sensación de que algo andaba mal... y si íbamos a San Isidro sin estar preparados para lo que nos esperaba, nuestra misión de establecer una parroquia para los pobres fracasaría. Nos ha brindado la información más asombrosa... ¡Salvadora de misiones! Sara, necesitamos tu ayuda. Está claro que no podemos llegar a San Isidro sin el apoyo de algunos católicos poderosos e influyentes de la ciudad que harán correr la voz de que nos conocen y nos respaldan. Sin este tipo de enfoque de relaciones humanas, no tenemos ninguna posibilidad. Sara, ¿conoces a algunos de los principales ciudadanos de San Isidro?

—Padre... conozco a *todas* las personas más influyentes de la ciudad. Haré algunas llamadas ahora mismo y les presentaré a cuatro personas diferentes. Esas cuatro personas harán correr la voz de que vienes a San Isidro y que eres mi amigo; eso es todo lo que necesitas. Después de que haga estas llamadas, usted y su equipo estarán a salvo. Padre Gómez nunca se atrevería a molestar al tipo de personas que vas a tener de tu lado. ¡Este será perfecto, 'JAQUE MATE'!

—Sara. No creo que podamos agradecerles lo suficiente por su ayuda, pero para empezar... me gustaría otorgarles un título que me viene a la mente: *¡Madre de la Misión!* Debido a su disposición a extenderse, se ha convertido en una parte integral y duradera de este hermoso trabajo.

—Gracias, Padre Jack —dijo Sara, claramente nerviosa, pero llena de un sentido de propósito. ¡Me siento honrada y haré todo lo posible para estar a la altura de un título tan noble! Padre Jack... mi hermana, Mónica Trujillo, que vive en San Isidro, vendrá a visitarme mañana, por eso no la llamé hace un momento; sería mejor para ti conocerla y hablar con ella en persona; ella le informará sobre todos los sórdidos detalles y del comportamiento del Padre Gómez.—

CAPÍTULO CUATRO

—Hola, Padre Jack. ¡Estoy muy feliz de saber que usted y su equipo misionero vendrán a servir en San Isidro! —dijo Mónica, mientras se acomodaba en su sillón Queen Anne favorito del salón lujosamente amueblado de su hermana Sara. Tanto Sara como Mónica eran legendarias "bellezas fronterizas"... habiendo ganado concursos de belleza locales cuando estaban en su adolescencia. Ambos tenían el cabello naturalmente rubio, por lo que, en español, se les llamaba "Güeras". Sara era conocida en El Paso como la mejor *fashionista*, y muchas mujeres de la alta sociedad la imitaban o buscaban su consejo. También, era una experta en joyería para mujeres y durante varios años dirigió su propia tienda de joyería boutique muy exitosa.

—Gracias, Mónica. Qué providencial es poder reunirnos hoy con ustedes y recibir de ustedes información adicional y detallada sobre el 'Estado de la Fe' en San Isidro. Sara ya compartió con nosotros la triste noticia del Padre Gómez y su adicción; pero tal vez podría informarnos exactamente cómo se manifiesta este problema a nivel pastoral... especialmente su impacto en los pobres.

—Por supuesto, el Padre Jack. Permítanme comenzar describiéndoles la forma en que se lleva a cabo el ministerio pastoral de la ciudad. Como saben, San Carlos y San Marcos tienen cada uno tres parroquias, y cada parroquia tiene dos o tres capillas misioneras dentro de la ciudad. San Isidro tiene una sola parroquia que da servicio a doce capillas misioneras. Teóricamente, esa parroquia también cuidaría a los seis ejidos distantes... pero nunca lo ha hecho. Por qué no se han desarrollado otras parroquias en San Isidro es un gran misterio. El hecho de que te envíen a tomar el control de dos de las doce capillas, convirtiendo la más grande de las dos, Nuestra Señora de Guadalupe, en una parroquia, es un gran avance para la historia de la Fe de nuestra pequeña ciudad...

—Entonces, ¿cómo solo dos sacerdotes pueden servir efectivamente en una gran parroquia, junto con doce capillas de misión? Muy mal... ¡si acaso! La forma en que se maneja es que las capillas que producen las más altas colecciones reciben un trato preferencial; tendrán misa una vez a la semana... pero siempre

será en un día laborable. Las parroquias más pobres con las colectas más humildes tendrán misa en su capilla cada dos o tres semanas.

—Y esas recolecciones —interpuse— ¿se utilizan para mantener y desarrollar la capilla? ¿Cada capilla tiene su propia cuenta bancaria?—

—No, las recolecciones van directamente al Padre Gómez. Si una capilla necesita dinero para reparar algo y le preguntan al Padre Gómez en busca de ayuda financiera, les dice que no hay dinero disponible y que tendrán que resolver el problema por su cuenta. No solo eso... ha establecido en cada capilla un grupo de alrededor de ocho ancianas, la mayoría de entre ochenta y noventa, para hacer tamales todos los sábados por la mañana, a partir de las 5 de la mañana. Luego, los tamales se venden a las madres que vienen a recoger a sus hijos del programa de Educación Religiosa. Cada centavo producido por este proceso peligroso y laborioso va directamente al Padre Gómez, que ha convencido a la gente de que la parroquia de San Isidro necesita desesperadamente estos fondos, y sin ellos la parroquia cerraría y con ello... las capillas.

Cuando vaya a su nueva parroquia, el Padre Jack, verás a esas pobres ancianas trabajando como esclavas alrededor de un fuego abierto y rugiente sobre el cual cuelga una olla negra que es tan enorme que un niño podría sentarse cómodamente en ella. Las mujeres lo hacen todo, giran acercándose a este 'caldero' de pesadilla de masa fundida y al rojo vivo para revolverlo rápidamente. Todas estas mujeres buenas e inocentes tienen horribles cicatrices en la cara, las manos, los brazos, las piernas y los pies por el contacto con las llamas saltarinas y la masa burbujeante parecida a la lava. Uno solo puede imaginar el daño pulmonar que estas buenas mujeres pueden haber sufrido debido a la inhalación de humo semana tras semana, año tras año.

—Así que estas mujeres generosas —le pregunté— ¿se esclavizan en esta monotonía pensando que están protegiendo la capilla de su comunidad para que no cierre, cuando en esencia, están proporcionando al Padre Gómez con dinero para apostar?—

—Precisamente, Padre Jack, pero hay más. Sabes que en México la costumbre de la Quinceañera (una misa especial para una adolescente en su decimoquinto cumpleaños que es similar a una boda... con damas de honor, padrinos de boda, etc.) es un evento sumamente importante en la fiesta de una jovencita. vida. Una niña lo soñará, lo planificará y lo esperará desde los ocho años. Habrá asistido al menos 2 o 3 al año y habrá participado en un buen número de ellos cuando llegue su propio día especial. Desafortunadamente, el único lugar adecuado en San Isidro para un evento tan trascendental y memorable en la vida de un joven es la hermosa iglesia parroquial de San Isidro. El problema es quc la tarifa que cobra la parroquia, 1,000 pesos, es aplastante para los pobres, que solo ganan, si tienen suerte, alrededor de 300 pesos (30 USD) por una semana laboral de 50 horas. Padre Gómez no tiene en cuenta su pobreza. De hecho, trata de disuadir a las familias pobres de programar una quinceañera en la iglesia parroquial ignorando por completo a las niñas inocentes durante la Misa de Quinceañera.

Las familias más acomodadas no solo pagan la tarifa de la Iglesia, sino que también dan al Padre Gómez una 'propina' especial... que es al menos igual a la tarifa, pero muy a menudo es más del doble de la tarifa; los pobres nunca podrían hacer esto. Y si la chica es de una familia acomodada, la saludará en la parte trasera de la Iglesia, mencionará su nombre repetidamente durante la misa, bajará a su silla en el pasillo central para saludarla en el Signo de la Paz, y muchos otros signos apropiados de reconocimiento y afirmación durante el curso de la masa. Si es una niña de una familia pobre... la tratará como si no estuviera presente en la iglesia, como si fuera invisible. Y aunque la familia, con gran dificultad, ha logrado pagar la tarifa, el Padre Gómez nunca se dirigirá a la niña ni siquiera pronunciará su nombre, y ni siquiera anunciará que se llevará a cabo una quinceañera.

—¡Qué ultraje, Mónica! —dije consternado— Es difícil imaginar que tal demostración pública de crueldad e indiferencia pueda tener lugar realmente, y por un pastor, un pastor... ¡quien, como Jesús, se supone que tiene un amor preferencial por los pobres!

—Padre Jack, prepárate; se pone peor —dijo Mónica, en un tono serio y silencioso— cada cuaresma, el Padre Gómez organiza un viaje en autobús parroquial a Las Vegas, Nevada, que sale de San Isidro, espéralo... Síguelo desde el miércoles; y vuelve el Lunes de Pascua. El día que Judas inició su traición a Jesús por treinta piezas de plata, el Padre Gómez lo traiciona de nuevo por sus 'treinta piezas de plata'. Todos los que participan en este "viaje de vacaciones" reciben del Padre Gómez una dispensa completa de todos los servicios del Sagrado Triduo. Y así, en lugar de acercar su rebaño a Dios durante los días más santos del calendario cristiano... los extravía. Y lo hace a sus expensas... como líder de la 'gira', viaja gratis. El daño a la Fe en San Isidro, gracias a prácticas como estas, ha sido incalculable. Padre Jack, Hno. Gabriel... esta es la situación con la que tendrán que lidiar. ¿Ahora te das cuenta de por qué ni tú, ni ningún otro clero o religioso serán bienvenidos en San Isidro?

—Estoy sin palabras —murmuré, mientras el Hno. Gabriel dejó caer su rostro entristecido en las palmas abiertas de sus manos— Realmente estoy atónito, Mónica. Mi corazón está roto por tus palabras y lloro interiormente... no solo por el pueblo de Dios en San Isidro, sino por el

Padre Gómez también.

—No desperdicien ningún sentimiento humano en el Padre Gómez —respondió Mónica— te puedo asegurar... será un enemigo para ti como nunca antes te has encontrado. Es un hombre malvado, el Padre Jack, y hará todo lo posible para encontrar una salida de la posición neutralizada que hemos dispuesto para él. Y si se escapa, te golpeará sin piedad y te echará de San Isidro.

—Dime Mónica —le pregunté— ¿crees que el Padre Gómez es capaz de asesinar o de contratar a alguien para herir o eliminar a un enemigo percibido?

—Si se siente seriamente amenazado y está convencido de que puede salirse con la suya... sí; se ha vuelto tan comprometido y corrupto que no creo que le resulte demasiado difícil racionalizar un asesinato. Lo que nos lleva a otro aspecto de la vida e influencia degradadas del Padre Álvaro Gómez. Padre Gómez es el fundador y propietario de la única cooperativa de ahorro y crédito en San Isidro, y es muy popular entre los pobres porque no confían en los grandes bancos seculares. Sienten que un banco dirigido por un sacerdote, por la 'Iglesia', siempre sería honesto, justo y compasivo con ellos. Padre Gómez se aprovecha de su miedo y vulnerabilidad y les cobra tarifas y tasas de interés más altas que los bancos locales. Y los pobres pagan este dinero de "extorsión" porque lo ven como un pequeño precio a pagar por la máxima seguridad de sus ahorros duramente ganados. Creen que, aunque la cooperativa de ahorro y crédito cobra más, al menos el dinero va a un buen propósito... a la Iglesia. ¡No saben que su dinero se va a una mesa de Blackjack en Las Vegas!

—No sé cuánto más de esto puedo soportar, Mónica —suspiró el Hno. Gabriel— ¡Creo que me voy a enfermar!

—Sujétese el estómago, hermano, todavía no he terminado.

San Isidro tiene un apodo en la región: *La Pequeña Colombia.* Recibió este nombre porque San Isidro, debido a su ubicación estratégica no muy lejos de la frontera con Estados Unidos, es un importante centro para los traficantes de drogas; o, como decimos en español: *Narcos*. Padre Gómez es bastante amigable con uno de los principales traficantes, Kiko Garza, y visita su mansión para cenar cada pocos meses. Mucha gente cree que la cooperativa de ahorro y crédito del Padre Gómez está siendo utilizada para lavar dinero de la droga.

—Dios, Mónica —grité con exasperación— ¡ahora cuéntanos las buenas noticias!

—Responderé a tu súplica con las mismas palabras que utilizó el fantasma de Jacob Marley cuando Ebenezer Scrooge me pidió que 'hablara de consuelo', y Marley respondió: *¡No tengo ninguna para dar!* De hecho, el Padre Jack, la verdad es que... tú y tu equipo son la buena noticia.

—¿Y no es eso, Mónica —le respondí— lo que realmente está en el centro de toda esta discusión... la Buena Nueva, ¡el Evangelio! Padre Gómez no es mi enemigo... es mi hermano. Padre Gómez no es malvado... está enfermo. Por otro lado, somos malos, en comparación, si lo juzgamos de esta manera; y nos convertimos en nuestro peor enemigo si terminamos nuestra misión antes de que comience acogiendo el miedo, la ira y el odio. No podemos entrar a San Isidro, que ya ha sufrido una especie de "envenenamiento espiritual", con una actitud tan tóxica. Como señaló el Dr. Martin Luther King, Jr.: *La oscuridad no puede expulsar a la oscuridad...* solo la luz puede hacer eso. Una misión de Dios, si se acepta con fe, esperanza y amor, es un don del Espíritu Santo. Si abrazamos el don, se convierte en nuestra oración... y la misión se convierte en una experiencia contemplativa de vivir en el Espíritu. Piensa en Santa Teresa del Niño Jesús, *Patrona de los Misioneros y de las Misiones*. Con amor abrazó plenamente su misión contemplativa como un regalo... y ahora, es un regalo para todas las misiones y misioneros de la Iglesia universal... ¡hasta el fin de los tiempos! Por tanto, nuestra misión también incluirá, como preocupación central... la salvación del Padre Gómez.

—Veo su punto, Padre Jack —respondió Mónica— la misión es,

esencialmente, un auténtico compartir del Evangelio... que requiere una 'kénosis' (vaciamiento) muy real por parte del misionero. Sin embargo, el Padre Jack, incluso un perro inocente y rabioso puede causar una cantidad terrible de daño. Tendrás cuidado... ¿no?

—Sabiendo lo que sé ahora, gracias a ti, Mónica... Sería irresponsable si hiciera algo menos.—

CAPÍTULO CINCO

—Padre Jack —preguntó Sara,— Mónica y yo nos hemos estado preguntando algo. Ahora que es más que obvio cuán críticamente importante ha sido su reunión con nosotros, con respecto al éxito de su nueva misión, y mientras que la mayoría de los misioneros simplemente se hubieran lanzado hacia cierto desastre, nos gustaría saber exactamente cómo pudo para hacer un discernimiento tan crucial.

—Bueno —comencé— ya ves...

—Espera ahora —intervino el Hno. Gabriel— espera un segundo... déjenme responderles esa pregunta, señores. Padre Jack nunca te dirá la verdad... es demasiado humilde. Pero necesita saber con qué tipo de persona está tratando aquí. Padre Jack reza constantemente; no importa si es de día o de noche, si está despierto o dormido... está rezando. Su corazón está siempre abierto a la presencia y la acción del Espíritu Santo. Incluso las criaturas inocentes reconocen esto. Un día lo vi caminando por la playa en medio de una gran bandada de gaviotas, algunas de las cuales estaban en el suelo y otras en el aire. Padre Jack se detuvo para admirarlos y comenzó a silbar suavemente la melodía de ese sublime canto gregoriano... *Veni Creator Spiritus* (Ven Espíritu Creador).

—Para cuando completó el primer verso, las gaviotas en el aire habían aterrizado y lo rodearon, y las que estaban en el suelo se volvieron hacia él, se acercaron y luego se agacharon cerca del suelo como si se preparara para irse a dormir. Luego, uno por uno, todos cerraron los ojos... como si al hacerlo pudieran adentrarse más profundamente en la misteriosa presencia de su amoroso Creador. En el tercer verso, todas esas criaturas hermosas y humildes estaban tan tranquilas y en paz que tuve la tentación de acercarme al Padre Jack e insiste en que los bautice! El hecho de que el Espíritu le indicara que en San Isidro pasaba algo insólito y que debía intentar averiguar más, no me sorprende; como sin duda verás por ti mismo... hace este tipo de cosas a diario.

—Puedo ver, Padre Jack —dijo Sara,— por qué Dios te eligió para esta misión especial. Se necesitará nada menos que un milagro para establecer una parroquia para los pobres en el Padre ¡El patio trasero de Gómez!

—Oh, no será en su patio trasero, Sara —le respondí— en lo que a él respecta, ¡se llevará a cabo justo en el medio de su patio *delantero*!

—Sí, Padre Jack —dijo Sara con una sonrisa— como dice el refrán: *¡estará... en condiciones de estar atado!*

—Padre Jack —dijo Mónica— yo vivo en San Isidro, pero todo lo que sé de nuestro patrón, San Isidro, es que es muy popular entre los campesinos. ¿Sabes algo de él?

—San Isidro, San Isidoro en inglés, fue un santo maravilloso, Mónica —comencé— Para no confundirlo con San Isidoro de Sevilla (quien fue arzobispo en el siglo VII y por su amor por el registro de información, fue elegido para ser el patrón de Internet), se suele referir a San Isidro como San Isidro Labrador. Isidro, un español nacido en Madrid hacia 1070, era un campesino pobre. Por su santidad y humildad, es el patrón de los agricultores, así como el patrón de Madrid.

Pero hay algo muy especial en San Isidro, algo que el mundo moderno necesita desesperadamente. Isidro, en su sincera piedad y humildad, supo integrarse, dentro de la pobreza y sencillez de su vida personal, un profundo amor por los pobres, la creación y Dios. Era un hombre de la tierra... un hombre de la tierra (la palabra latina, *humus*... que es la raíz de la palabra *humildad*... significa suelo, o suelo), y su humildad le enseñó a poner siempre el amor de Dios primero. Hay una historia de cómo Isidro tenía la costumbre de asistir a misa todos los días a primera hora de la mañana y, a veces, llegaba tarde al trabajo. Pero milagrosamente, aunque al principio sus compañeros de trabajo estaban molestos con él, su trabajo nunca se resintió. Se dice que un día, sus compañeros campesinos, así como el terrateniente, vieron a un ángel arando la porción del campo de Isidro mientras asistía a misa.

Esta espiritualidad de poner humildemente a Dios en primer lugar y confiar en su providencia y amor es una lección y un ejemplo por el que clama la gente de nuestros tiempos confusos. Además, San Isidro permitió que el Espíritu lo condujera a una santa esposa, la Beata María Torribia; a veces denominado: *Santa María de la Cabeza,* porque su cabeza se ha conservado en un relicario y se exhibe en procesión en varias épocas del año. Mónica, puedes estar segura de que los llamaremos a ambos para que nos ayuden con nuestra misión.

—Y también les rezaré, Padre Jack —respondió Mónica, llena de alegría por haber descubierto la belleza y la bondad de la patrona de su amada ciudad.— Muchas gracias por compartir esa biografía inspiradora. aunque no estoy seguro de estar en ¡Qué prisa por presenciar la procesión de la cabeza de la Beata María Torribia!

—Padre Jack —dijo Sara— hay alguien aquí en El Paso con quien realmente debería hablar antes de comenzar su misión. Su nombre es Mons. Michael Gallagher. Durante los últimos treinta años, Mons. Mike ha estado yendo a los ejidos y minas que ahora son de su responsabilidad. Él tiene una parroquia aquí en El Paso, pero, por su propia voluntad, ha elegido usar su tiempo libre para servir, lo mejor que puede, a esas pobres almas que han sido abandonadas espiritualmente en la Misión del Desierto de Chihuahua.

Todos aquí en El Paso saben que él es un santo viviente... y la gente del desierto, si fuera necesario, daría su vida por él en un santiamén.

No sé nada de esos ejidos del desierto; Mons. Mike es el único que sabe algo sobre ellos

—Bueno, el Padre Jack —dijo el Hno. Gabriel— ¡Parece que después de todo vamos a "entrar en calor"!

—De hecho, lo haremos, hermano... ¡de hecho lo haremos! Gracias a Sara, Mónica, Mons. Mike... ¡y la gracia de Dios! —respondió el Padre Jack— Vamos a ver a Mons. Miguel.—

Atrapamos a Mons. Mike en un buen momento, y nos invitó a cenar con él en un restaurante mexicano local llamado... Julio's. Mons. Mike tenía alrededor de sesenta años, estatura promedio, complexión mediana, cabello corto, ralo, gris y un par de penetrantes ojos azules que podían mirar directamente a tu alma.

—Entonces, el Padre Jack —comenzó Mons. Mike— ¿cuándo planeas comenzar tu misión?

—Tan pronto como recibamos la llamada telefónica del Vicario General de la arquidiócesis para invitarnos a una pequeña misa de bienvenida y recepción que están organizando para nosotros.

—¿Y dónde vivirás?

—Buena pregunta, monseñor. Se nos ha dicho que la diócesis posee una casa en la ciudad que está asociada a un antiguo santuario mariano en ruinas. La casa tiene tres dormitorios, así que nos quedaremos allí mientras construimos una nueva rectoría en la propiedad de la capilla de la misión que planeamos convertir en la iglesia parroquial.

La mesera se acercó a nuestra mesa. —¿Está listo para ordenar, Monseñor?—

—¿Soy... un caballero? —preguntó Mons. Mike, mientras bajaba su menú para ver cómo estábamos.

—¿Hay algo especial que recomendaría, monseñor? —Yo pregunté.

—Sus enchiladas son famosas... pero todo, y me refiero ¡todo, en el menú *es espectacular*!

—En ese caso —intervino el hermano Gabriel, “tendré... ¡todo!"

—Un verdadero misionero —Mons. Mike agregó con una sonrisa—

¡siempre muriendo de hambre! ¿Y usted, Padre Jack... ¿te gusta la comida mexicana?

—No, Monseñor... ¡me encanta! Entonces, creo que tendré lo que el Hno. Gabriel ordenó... ¡todo! Es broma, señora. Me gustaría las enchiladas de mole, por favor…

—Lo mismo, por favor —dijo el hermano Gabriel.

—Padre Jack... ¿alguna vez has estado en la Misión del Desierto de Chihuahua?

—No, Monseñor... ¡es por eso que realmente necesitamos información y orientación de usted!

—Por favor, Padre Jack, cuando solo somos nosotros... relájate... llámame: Mike; no me perderé el título.

—Sí, por supuesto, Mike... y yo soy Jack.

—Me temo que lo que voy a decir, Jack, puede que no sea música para tus oídos, ¡sino algo de lluvia en tu desfile!

—¡Dispara, Mike! Este barco ya está tomando agua... ¡lo que es un poco más!

—Bueno... a riesgo de hundir el barco... Sería negligente *si no compartiera* esto contigo. Como saben, he sido, durante más de treinta años, la única presencia más o menos constante de la Iglesia en la Misión del Desierto de Chihuahua. Soy un bien conocido por ahí... Soy aceptado. La región es un vasto desierto; dura... pero hermosa. Debido a su proximidad a la frontera con Estados Unidos, también es una zona de intenso tráfico de drogas. Si eres gringo y los traficantes no te conocen... te matarán en cuanto te vean. Simplemente asumirán que estás trabajando encubierto para el gobierno de los Estados Unidos en alguna capacidad... FBI, CIA, DEA, etc. El año pasado, una mujer católica dinámica de El Paso, un conocido evangelista laico, salió al desierto para compartir la Buena Nueva en sus ejidos. Unos días después, encontraron su cuerpo en la orilla de un arroyo... cortado en unos diez pedazos diferentes.

Buen Dios, Mike. Una mujer solitaria... ¡qué viciosa! Vicioso es la palabra correcta, Jack. Eso es precisamente lo que estos, lo que esa gente es... y quieren que todos lo sepan.

—Entonces... ¿dónde nos deja eso, Mike?

—Tendré que presentarte al desierto; no puedes salir solo... primero tienes que ser visto conmigo. Después de eso, estás listo para comenzar.

—¿Has hecho este tipo de 'Introducción' antes... y ha funcionado?

—Lo he hecho, y sí... funciona.

—Pero este tipo de reunión podría ser bastante complicado de programar y orquestar, ¿no?... considerando lo activos y diferentes que son nuestros horarios ministeriales. ¿Quizás podrías darme una especie de 'Carta de presentación'?

—Nunca he hecho eso, Jack, y no quisiera empezar ahora con tu equipo. Sería completamente experimental, y lo más probable es que... fallara; estos traficantes son todo menos estúpidos... y no se arriesgan. Saben muy bien que un agente encubierto fácilmente podría presentar una carta como esa. No, el Padre Jack, creo que será mejor que nos quedemos con el método probado y verdadero de presentación... ustedes son vistos conmigo.—

CAPÍTULO SEIS

—Gran parte de lo que verá y experimentará en San Isidro, Jack —comenzó Mons. Mike— es el resultado de la tumultuosa historia de México, especialmente con respecto a la historia de la Iglesia Católica en México. La inestabilidad social y política de España en el primer cuarto del siglo XIX tuvo un impacto enorme y duradero en la vida pública de México. El conflicto social que esto produjo dejó a generaciones de mexicanos confundidos y descontentos. De hecho, la Constitución española de 1812 (la 1ª Constitución de España), que estableció una monarquía constitucional y estableció el catolicismo romano como religión oficial de España, causó más infelicidad en México que en la propia España.

A medida que avanzaba el siglo, el estado de la Iglesia en México subía y bajaba en respuesta a las interminables fluctuaciones en la esfera política. La primera revuelta indígena contra los españoles fue dirigida por un sacerdote: *Padre Miguel Hidalgo*. Fue capturado y ejecutado en 1811. Pero la revuelta contra el dominio español que inició tuvo éxito; México declaró su independencia en 1810, y esa independencia fue reconocida oficialmente por España en 1821 (el Tratado de Córdoba). Luego, el país sufrió durante sesenta años de varios líderes militares; el más anticlerical es: *Santa Anna*, famoso por su papel en el Álamo. Luego vino el notable líder indígena: *Benito Juárez.* Luego, con la intervención francesa, el país quedó sujeto al imperio de Maximiliano (1864-1867)... que fue un completo y absoluto desastre... que terminó con la ejecución de Maximiliano por un pelotón de fusilamiento.

En 1910, México entró en una fase de conflicto político tan profundo que su influencia se puede sentir hasta el día de hoy. El evento fue esencialmente una guerra civil entre numerosos intereses en competencia, pero comúnmente se lo conoce como: *La Revolución Mexicana* (1910-1920). Después de 31 años como presidente, Porfirio Díaz fue destituido y reemplazado por Francisco I. Madero. Los disturbios, sin embargo, ya habían comenzado... y no había forma de detenerlos. Madero y su vicepresidente fueron asesinados en 1913 y la revolución estaba en pleno apogeo. Este fue el período en el que entraron en escena los grandes revolucionarios Emiliano Zapata y Pancho Villa.

Después de varios presidentes y asesinatos, *Plutarco Elías Calles* ascendió a la presidencia (1924-1928). Si alguna vez hubo alguien que no debería haberse convertido en presidente del hermoso y viejo México... fue Calles. Fue un extremista que decidió resucitar las leyes antirreligiosas de la Constitución de 1917 y aplicarlas con rigor. Cuando el gobierno de Calles intentó hacer que la Iglesia dependiera por completo del estado, los obispos mexicanos protestaron y dos millones de ciudadanos mexicanos firmaron una petición en apoyo de la Iglesia... pero fue ignorada con valentía. En las protestas que siguieron, murieron ciento cincuenta sacerdotes y civiles.

Esto preparó el escenario para la *Rebelión Cristera* (1926-1929). Se cerraron iglesias, muchos sacerdotes fueron exiliados, encarcelados o ejecutados. Los obispos de Estados Unidos establecieron un seminario en Las Vegas, Nuevo México, para los seminaristas mexicanos que huyeron de la violencia. Los católicos fieles, la mayoría de los cuales eran agricultores pobres (campesinos), tomaron las armas para defender sus derechos religiosos. Este grupo de luchadores altamente motivados, pero algo desorganizados y no entrenados, se llamaban los:

cristeros. Lo que les faltaba en experiencia y formación, lo compensaron en

Dedicación. Sorprendentemente, eventualmente se convirtieron en una fuerza formidable, y el gobierno mexicano, en comunicación con el Vaticano, acordó los términos de paz.—

—Es difícil no admirar a los cristeros, Mike. Seguro que fue un poderoso bosquejo en miniatura de la turbulenta historia de México. Pero dejaste fuera un evento histórico extremadamente importante... ¡la aparición de Nuestra Señora de Guadalupe a Juan Diego!

—Tienes toda la razón, Jack. Tampoco mencioné a Cortés y la conquista española (1519-1521). Estaba asumiendo que, como misionero usted mismo, ya estaba consciente del impacto fundamental que tuvo la misión de Nuestra Madre al Tepeyac en 1531 en el país de México. Cómo su amorosa presencia estableció la paz entre los colonos españoles y los indígenas y, al hacerlo, creó el suelo fértil para el nacimiento de una nueva nación.

Pongo toda esta historia sobre la mesa, Jack, solo para recordarte antes de que te vayas el grado de inseguridad social y política que el pueblo mexicano ha experimentado y sigue experimentando hasta el día de hoy. No olvidemos que tan recientemente como 1994 hubo un levantamiento armado en el estado mexicano de Chiapas por parte de: los *Zapatistas* (Ejército Zapatista de Liberación Nacional).

—Gracias, Mike, es un gran recordatorio. El pueblo mexicano ha sufrido mucho a lo largo de los años... y aún no ha terminado. Ciertamente, no quisiéramos sumarnos a sus muchas luchas de ninguna manera,

—Tengo una pregunta, Mike —preguntó el Hno. Gabriel—aparte de esta pesadilla del problema del narcotráfico que acaba de describir, ¿hay algo más que pueda compartir con nosotros sobre los ejidos? Por ejemplo, ¿cómo es conducir hasta esos lugares? ¿Cómo es el terreno? Por lo que hemos estado escuchando, es bastante desafiante.

—Caracterizar la excursión a los ejidos como desafiante es

probablemente una descripción aceptable. Pero personalmente... yo lo llamaría un eufemismo; es francamente difícil y peligroso. En primer lugar, la única parte pavimentada del camino es al salir de San Isidro. Pero el camino es tan malo, tan lleno de vehículos destruyendo baches, que sería mejor si fuera un camino de tierra. Estará en ese camino durante aproximadamente una hora. Luego, el camino se vuelve sucio y permanece sucio durante las próximas cinco horas. Alrededor de las dos horas y media, el camino de tierra áspero se convierte en un camino de tierra *realmente* accidentado. Recuerde, si se descompone o se lesiona allí afuera... no tiene forma de comunicarse con nadie; estás sólo en esto. Por lo tanto, debe llevar dos llantas de repuesto y al menos una lata de gasolina de cinco galones, sin mencionar un buen botiquín de primeros auxilios y comida y agua durante unos seis o siete días; no tiene sentido ir hasta allí por solo uno o dos días.

Si te muerde una serpiente de cascabel... eres historia. Entonces, si pasa la noche en uno de los bancos de una capilla, asegúrese de revisar toda la capilla en busca de serpientes antes de irse a dormir. Si el clima ha sido particularmente caluroso, digamos alrededor de ciento diez durante unos días... busque tarántulas; el calor los saca de sus cuevas subterráneas y les encanta deambular por el interior de las capillas por la noche.—

—¡Tendré que acordarme de traer mi 'Repelente de tarántulas'! —dijo el Hno. Gabriel con una sonrisa.

—Eso sería una armadura medieval, hermano... nada menos que eso te protegerá de esos chicos. Pero si te muerden, sobrevivirás. No son de la variedad venenosa... pero la picadura es extremadamente dolorosa; como ser apuñalado con un cuchillo. Otra cosa: hagas lo que hagas, a menos que la hiervas primero... no bebas el agua de lluvia que la gente acumula en los bidones de aceite desechados cuando cae de sus techos. Contiene un parásito que devorará el revestimiento de sus intestinos y su sistema digestivo nunca volverá a ser el mismo... si es que sobrevive.

—Bien... ahora de vuelta a la carretera. Hay una montaña realmente grande que tienes que pasar. El problema es que el camino de tierra es estrecho y está mal hecho. El camino serpentea hasta la cima, pasa por encima y luego baja hasta la base en el lado opuesto. Aquí está la cuestión: el camino está muy suelto... no es un camino lleno. Entonces, si ha llovido la noche anterior, aunque sea un poco... y nunca sabrás si ha llovido o no... la parte exterior de la carretera se debilitará peligrosamente y podría ceder bajo el peso del camión. Hay ciertas partes muy empinadas, casi verticales de la montaña donde, si eso sucede, el camión se volcará y volará directamente por la ladera de la montaña. Eso le pasó a un sacerdote hace apenas un año. Murió instantáneamente después de una caída libre de unos ciento cincuenta metros.

—¿Supongo que las bolsas de aire no ayudaron mucho? —murmuró el Hno. Gabriel con humor nervioso.

—Correcto... no mucho, hermano —respondió Mons. Mike en tono sombrío— Bueno, caballeros, aparte de las cosas que acabo de mencionar... ¡es muy fácil! ¡Oh...! ¿mencioné las arenas movedizas?—

CAPÍTULO SIETE

—¿Está seguro de que estamos en el camino correcto, Padre Jack? —preguntó Brian.

—Sí... este es el camino, Brian. Deberíamos estar allí en aproximadamente una hora. Lo difícil será encontrar la pequeña capilla donde se llevará a cabo la misa de bienvenida y la recepción. Al parecer, adosado a la capilla hay un pequeño salón parroquial. Debería ser un asunto interesante.

—¿Crees que este Padre Gómez del que me hablaste todo estará allí? —preguntó Brian.

—Me lo imagino —respondí— pero realmente no sé qué esperar. La persona que llamó dejó un breve mensaje con muy pocos detalles. La aventura ha comenzado, hermanos. ¡A partir de este momento, estamos en manos de Dios!—

—¿Qué vamos a hacer con este 'pájaro', el Padre Jack?—preguntó Brian, señalando al Hno. Gabriel.

Teníamos una camioneta Nissan pequeña de cuatro cilindros que alguien había donado. Tenía sólo un asiento de banco... así que los tres estábamos apiñados conmigo conduciendo, el hno. Gabriel en medio y Brian al final.

—¿Por qué llamas al hermano "pájaro" Brian? Tiene un nombre y lo sabes; su nombre es Padre Gabriel.

—Lo sé —dijo Brian— ¡Pero es un 'pájaro'!—

—¿Por qué es un 'pájaro'?

—Porque no puede hacer nada... ¡es un inútil! ¿Por qué insististe entonces en traerlo?

Inmediatamente saqué el camión de la carretera y lo detuve en la orilla.

—Brian... nada destruirá nuestra misión más rápido que la disensión dentro de nuestro equipo. El hermano tiene un nombre y debes mostrarle el respeto que se merece al usarlo. Si no podemos mostrar respeto por los demás, nunca podremos mostrar respeto por las personas a las que servimos. ¿Entiendes, Brian? El Hermano se ha sentado aquí y ha absorbido humildemente tus insultos porque sabe que defenderse en este punto solo crearía mayor discordia. ¿Podrías encontrarte dentro de ti para disculparte con el hermano? Esta es una misión seria, Brian, y es esencial que seamos sólidos como una roca como equipo.

Brian vaciló durante unos diez segundos y luego habló: —Lo siento, Padre Gabriel... no volverá a suceder—

—Te perdono, Brian —respondió hermano.

—Hermanos —dije, en la alegría del momento y con una gran sensación de alivio —¡*Ahora*, somos un equipo... en el sentido más amplio de la palabra! ¡Sigamos ahora a San Isidro y salvemos algunas almas!—

El encuentro de bienvenida fue muy agradable, siendo el Vicario General de la arquidiócesis el celebrante principal de la misa. Había otros cinco sacerdotes allí, incluido el Padre Gómez... pero nunca se acercó a mí ni a ninguno de los miembros del equipo. Nos quedamos esa noche en la casa de Mónica, que era una señal planificada para el Padre Gómez que todo lo que había estado escuchando era cierto, que sí contamos con el apoyo de los principales ciudadanos de San Isidro. También nos quedamos en casa de Mónica para que en caso de que la casa diocesana en la que se suponía que debíamos quedarnos necesitara limpieza o reparaciones, pudiéramos abordar todo eso a la luz del día y por la mañana, después de una buena noche de descanso cuando estábamos frescos y listos para un día de descanso. trabajo.

Al final resultó que, la casa era de hecho un desastre total y necesitaba una limpieza seria, así como una serie de reparaciones, lo cual, con tres entusiastas hombres trabajando durante doce horas seguidas, todo se cumplió ese primer día. Más tarde, supimos que la casa había estado abandonada durante casi dos años, lo que explicaba el estado de abandono y deterioro que encontramos a nuestra llegada.

Para el segundo día, la casa era nuestro hogar y decidimos tomarnos el día libre y explorar San Isidro. Tuve que atender una llamada telefónica, así que el Hno. Gabriel y Brian dijeron que querían dar una vuelta por la cuadra en la que vivíamos para poder tener una idea de nuestro vecindario inmediato. Mientras la pareja se alejaba, no pude evitar pensar en lo cómicos y extraños que probablemente le parecerían a la gente local. El hermano era bajo y regordete. Brian era alto y delgado. El hermano tenía sesenta años, pero parecía tener alrededor de ochenta; Brian tenía setenta y cinco años, pero parecía tener sesenta. Hermano hablaba español con fluidez, y eso sorprendería a la gente local; Brian no sabía una palabra de español y se mostraría mudo... y eso podría poner nerviosa a la gente. Esa es la misión transcultural; ¡Siempre es una maravillosa aventura!

—Oye, Padre Jack —gritó Brian cuando él y el Hno. Gabriel entraron a la casa después de terminar su expedición de exploración alrededor de nuestra cuadra. —¡Estamos en un vecindario realmente agradable y amigable! Conocimos a una hermosa familia y el hermano tuvo una gran charla con ellos.—

—¿De verdad, hermano? —dije: ¡Fantástico! ¿Cómo fue la conversación?

—Nos preguntaron quiénes éramos, dónde vivíamos y qué nos trajo a San Isidro. Les conté todo sobre nuestra misión y me preguntaron si habíamos conocido al Padre Gómez todavía... y dije: *'No'*. Ellos dijeron: *'Eso no es una buena señal; desafortunadamente, tu mera presencia aquí te convierte en su enemigo.'* ¡Puedes imaginar! Incluso la gente local sabe cómo funcionan las cosas aquí. San Isidro me recuerda al sitio del Patrimonio Mundial de la UNESCO en Vietnam... Bahía de Ha Long; por un lado, es hermoso. Pero por el otro el significado del nombre cuenta una historia diferente... *¡El lugar donde descendió el dragón!* En cualquier caso, la mujer dijo que podía venir a nuestra casa todos los días para cocinar la comida (la comida principal del día) a la 1 de la tarde, si necesitábamos un cocinero: y la hija universitaria se ofreció a ayudar a Brian con su español. Ella me dio un número de teléfono de contacto.

—¡Excelente! Me gustaría contratarlos hasta que nos mudemos al otro lado de la ciudad hacia la nueva rectoría. Los conociste y descubriste... ¿qué piensan los hombres?

—Creo que es providencial... ¡Estoy 100% a favor de contratarlos! —respondió Brian.

—¡Yo también! —dijo el hermano con entusiasmo. —¡Hecho! Hermano, ya que ahora te conocen, estarías

cómodo llamándolos? Organiza todo... horas, paga, etc.... Pero asegúrate de ofrecerles más de lo que ellos creen que es justo porque lo que se considera justo por aquí no es justo en absoluto. Recuerde lo que dijo Albert Schweitzer: *"El ejemplo no es lo principal para influir en los demás... ¡es lo único!"*

Antes de discernir mi vocación al sacerdocio, me estaba preparando para seguir los pasos de mi Padre y era estudiante de medicina. Sin embargo, había imaginado un estilo de vida completamente diferente al de mi Padre, quien tenía una práctica privada exitosa en Brooklyn. Me influyó mucho la vida del Dr. Albert Schweitzer, que había fundado y dirigido una clínica gratuita para los pobres en Lambarene, Gabón, África. La razón principal por la que el buen médico se embarcó en esta forma particular de servicio fue porque se había dado cuenta de que la forma más eficaz de comunicar las Buenas Nuevas era simplemente vivirlas. Expresó este sentido intuitivo una vez durante una entrevista. Cuando el periodista le preguntó el motivo de su decisión misionera, respondió: *Quiero que mi vida sea mi argumento.*

Con el paso del tiempo, me di cuenta de que Dios no me estaba llamando a ser médico... para atender a las personas con respecto a sus necesidades físicas. Me estaba llamando a atender las necesidades espirituales de la gente. Tan pronto como comencé a caminar por este nuevo camino, sentí la presencia de Dios de una manera muy poderosa, confirmando esta nueva dirección.

Qué feliz me sentí cuando descubrí que el Señor me estaba llamando a una hermosa y nueva comunidad misionera, y el Fundador de la comunidad, el Padre Richard Wells, todavía estaba vivo y muy vibrante mientras continuaba enseñando y guiando a todos los miembros.

Concédelo; todos los fundadores son especiales. Pero el Padre Wells no era el fundador de variedades de jardín ordinario... era el verdadero artículo. Una vez hice un viaje por carretera con él y yo era el conductor. Era medianoche y estábamos en medio del desierto sin otros autos a la vista. De repente me di cuenta de eso, debido a la increíble conversación que estaba teniendo con el Padre Wells, me había olvidado por completo de detenerme y llenar el tanque de gasolina. Conocía bien el coche y sabía que en los próximos minutos se nos iba a quedar sin gasolina y el coche chisporrotearía y se detendría; ¡en medio de la noche, en medio de la nada!

—Padre Richard, lo siento mucho, pero tengo malas noticias que informar: olvidé llenar el tanque, así que en un par de minutos nos vamos a quedar sin gasolina.—

Estaba rezando tranquilamente la Oración Nocturna, por lo que bajó tranquilamente su breviario y con voz muy suave dijo: —¿Por qué no te apartas del arcén y me dejas conducir? todavía no sabes cómo conducir sin gasolina.—

Eso era ciertamente cierto, pero aparentemente... ¡ni siquiera sabía cómo llenar un tanque con gasolina! Quizás esa deficiencia sea un requisito previo necesario para recibir el regalo al que se refería. En cualquier caso, me detuve en el arcén, me detuve, intercambiamos lugares, me pidió que continuara la Oración Nocturna en voz alta desde donde lo dejó, y procedió a conducir durante los siguientes 25 minutos hasta que llegamos a una gasolinera.

En otra ocasión, cuando era seminarista, conduje al Padre Wells a una misa especial donde un sacerdote amigo suyo iba a ser consagrado obispo. El sacerdote era de Nueva York y, aunque la consagración no fue en Nueva York, asistieron muchos sacerdotes de Nueva York. Después de la misa, cuando estábamos en la recepción, uno de los sacerdotes de Nueva York se acercó a nosotros y le preguntó al Padre Wells de donde era:

—Cielo —era la respuesta del Padre Wells, así de simple.

El sacerdote me miró e insinuó con sus ojos que era hora de llevar a mi amigo de regreso al asilo de ancianos.

—¿Está cerca de Nueva York? —preguntó el sacerdote con una sonrisa sardónica.

—¡No lo creo! —fue todo lo que el Padre Wells dijo mientras el sacerdote se alejaba casualmente completamente inconsciente de la rara oportunidad que se le había presentado. Así es la vida; todos lo hacemos. ¡Dios ayúdanos!—

CAPÍTULO OCHO

La arquidiócesis ya había comenzado la construcción de la nueva rectoría (o, como dicen: *La Casa Sacerdotal*), y cuando llegamos, acababan de terminar toda la fundación. Nueve meses después, la casa estaba lista y nos mudamos. ¡La casa era maravillosa! Tenía tres dormitorios, tres baños y medio, una gran cocina, un gran comedor, un lavadero, una sala, una pequeña capilla y un estudio que también podía servir como habitación de invitados. Sara y sus amigas asumieron el proyecto de amueblar completamente la casa, ¡e hicieron un trabajo magistral! La rectoría era muy cómoda y terminó siendo una casa misional más que adecuada. La casa estaba a unos diez metros de la iglesia y estaba rodeada por un muro de dos metros y medio. Íbamos a la iglesia todos los días para la misa, pero debido al hecho de que todavía no teníamos una oficina parroquial con los formularios y los libros de registro necesarios para registrar los sacramentos, estábamos limitados a la Eucaristía, la Reconciliación y la Unción. De hecho, todavía no teníamos un sello parroquial oficial que, cuando se coloca en un documento, establece la autenticidad del documento.

Como dice el refrán: *Roma no se construyó en un día.* Tampoco lo es una parroquia... es un proceso. Construyes un nivel a la vez; y cada nivel sirve como base para el siguiente. Después de mudarse a la rectoría, fue mucho más fácil concentrarse en desarrollar la nueva parroquia. Lo primero que necesitábamos era ayuda... el personal necesario. Habíamos ido conociendo a la gente local y empezábamos a tener una idea de qué individuos podrían ser buenos candidatos para los distintos puestos que queríamos cubrir. Necesitábamos una secretaria, un sacristán, un DRE (Director de Educación Religiosa), un jardinero, un cocinero, un ama de llaves, un ministro de jóvenes y un hombre útil que podría estar de guardia. Una noche, Brian, Hermano y yo tuvimos una reunión después de la cena (una cena ligera alrededor de las 7 pm) y discutimos todos los posibles candidatos. No tardó en decidirse por los ocho finalistas. Una de las cosas más maravillosas que el Padre Wells alguna vez nos enseñó... y modeló para nosotros... fue cómo liderar. Nos enseñó a liderar como lo hizo Jesús... en y a través de la relación; no aparte de él, ni encima de él, ni debajo de él; pero a través de él. Jesús enseñó que sus discípulos no debían hacer sentir su autoridad; es decir, no deben ser "torpes"... gobernando desde arriba; distante y apartado. Es mejor ejercer el liderazgo desde dentro de la relación, a través del amor y el ejemplo. Este 'camino' de Jesús siempre produce una gran paz... y grandes resultados.

Los ocho candidatos aceptaron inmediatamente la invitación para servir en la nueva parroquia en los diversos roles propuestos para cada uno de ellos, por lo que las cosas estaban mejorando. Al mismo tiempo, había determinado que, dada la cantidad de preguntas que quedaban con respecto al desarrollo continuo de la parroquia, junto con el hecho de que realmente aún no conocíamos o entendíamos muy bien la localidad, necesitábamos formar una parroquia consultiva. consejo de inmediato. La elección aquí fue prácticamente una "obviedad"; Solo le preguntaríamos al personal recién contratado si estaría dispuesto a servir como el primer consejo parroquial hasta que la parroquia esté organizada y sea lo suficientemente estable para celebrar elecciones.

Todos estuvieron de acuerdo y resultó ser una gran solución... ya que todos los miembros del personal tenían toda una vida de conocimiento y experiencia en San Isidro, así como un gran interés en el desarrollo exitoso de la nueva parroquia; en cierto sentido... ¡ellos eran todos accionistas! Además, sabía que nunca se arrepentirían porque, como bien señaló Albert Schweitzer. *Los únicos entre ustedes que serán realmente felices son aquellos que han buscado y encontrado cómo servir.* Establecí una fecha y una hora para nuestra primera reunión y comencé a hacer una lista de los diversos problemas y preguntas urgentes que necesitábamos resolver lo más rápido posible.

Pocos días después, el hermano y Brian, que eran miembros ex oficio del consejo, me acompañaron hasta el pequeño salón parroquial de bloques de cemento para esa primera reunión histórica. Nos alegró mucho ver que los ocho miembros lo habían logrado y estaban presentes. Después de saludarlos y agradecerles por su servicio, entregué blocs de notas y bolígrafos y le pedí a cada uno de los nuevos miembros del personal que escribieran en una de las hojas de papel su nombre, su cargo y lo que les gustaría recibir como salario. Se les pidió que doblaran el papel y lo metieran en un sobre que se estaba pasando y que tenía las palabras: SALARIOS DEL PERSONAL, en el frente. Este fue un paso importante porque el personal comenzaría sus respectivos puestos a la mañana siguiente, momento en el que todos nos reuniríamos nuevamente para discutir las conclusiones a las que había llegado.

La siguiente pregunta que necesitábamos analizar era igualmente primordial en términos de su importancia relativa para el desarrollo de una nueva parroquia. Esa pregunta era: ¿cuánto deberíamos cobrar por las diversas tarifas involucradas en la vida parroquial típica? Por ejemplo: el bautismo tiene una tarifa, la primera comunión tiene una tarifa, la confirmación tiene una tarifa, una quinceañera tiene una tarifa, el matrimonio tiene una tarifa, un funeral tiene una tarifa, etc.... Aunque, en una parroquia económicamente "promedio", la colecta dominical cubre la mayor parte de los gastos de la parroquia; en una parroquia misionera pobre... estas tarifas son críticas para la supervivencia financiera de la parroquia.

Nuestra nueva secretaria, Sandra, tenía una amiga cercana que había sido, por poco tiempo, la secretaria del Padre Gómez, en la parroquia de San Isidro. Sandra, por lo tanto, sabía las tarifas exactas que estaban cobrando por los diversos servicios parroquiales ofrecidos a sus feligreses, y compartió toda esta información con nosotros. Estaba muy feliz de escribirlo todo en detalle para poder reflexionar sobre ello con mayor atención esa noche en la privacidad de mi habitación. Con esos dos grandes temas atrás, pasamos a tratar algunos otros temas que tienen que ver con la ampliación de la iglesia y la construcción de la oficina parroquial, que iba a ser una pequeña sala añadida a la sacristía. Habiendo resuelto algunas cuestiones fundamentales, con plena participación y fantásticas contribuciones consultivas, todos coincidieron en que la primera reunión del consejo parroquial de la nueva parroquia de Nuestra Señora de Guadalupe fue una gran experiencia y un éxito rotundo.

Esa noche, después de la cena, me retiré a mis aposentos y comencé la difícil tarea que como pastor era mi responsabilidad: decidir los salarios y las cuotas. Lo que hizo que estas decisiones fueran particularmente problemáticas fue que tenía que tener en cuenta lo inusual que era esta situación. No podía simplemente tomar una decisión lógica o como dice el refrán: "simplemente hacer los cálculos". No... todo sobre esta nueva parroquia y su gente, fue único. No podía perder de vista que la experiencia de la Iglesia de estas personas no era otra que la de ser explotados. Todas las interacciones que alguna vez tuvieron con un pastor fueron con alguien frío, desalmado, codicioso y espiritualmente arruinado.

No esperarían nada menos de mí. Pero nuestra misión era transformar todo este paradigma, no jugar con él. ¿Cómo se podría lograr esto? Nuestra comunidad era nueva y bastante pobre, y estábamos operando con recursos muy limitados. Rápidamente me di cuenta de que este no era un problema que yo o cualquier otro ser humano pudiéramos resolver. Claramente, esto iba a requerir una oración profunda.

En mi habitación en ese momento había una hermosa imagen enmarcada de Nuestra Señora de Guadalupe en la pared. Hice girar mi silla, me volví hacia ella y le rogué a nuestra Madre que me ayudara con estas decisiones. Después de unos minutos, hablé con ella y le dije:

Madre, esta no es mi parroquia es la tuya; no lleva mi nombre, lleva tu nombre. Por lo tanto, creo que mi trabajo es dirigir la parroquia como tú la dirigirías según tu corazón. ¿Cómo quieres dirigirlo? Las decisiones que tome esta noche afectarán a la parroquia durante mucho tiempo; podrían mejorar su desarrollo o podrían socavarlo. No sé qué hacer. Probablemente, eso se debe a que solo usted sabe lo que quiere que se haga por su parroquia. Por lo tanto, le ruego humildemente toque mi corazón para que sepa lo que quiere que haga.

Un par de minutos después de susurrar esa oración, supe qué hacer. De alguna manera misteriosa e interior, ella había compartido conmigo los sentimientos más profundos de su corazón y yo sabía lo que ella quería para su parroquia, para su familia.

CAPÍTULO NUEVE

El estado de Chihuahua resulta ser el estado más rico de México, posiblemente porque también es el estado más grande. Sin embargo, hay mucha gente pobre viviendo en su gran área desértica (el nombre, Chihuahua, una palabra náhuatl, significa: *lugar seco y arenoso*). San Isidro es una pequeña ciudad particularmente pintoresca ubicada en un pequeño grupo de colinas semiáridas, aproximadamente a una hora al noroeste de la capital: Ciudad de Chihuahua (a la que los lugareños se refieren cariñosamente como: *La Dama del Desierto*). La ciudad de Chihuahua es también el lugar donde el Padre Fundador de México, Padre Miguel Hidalgo, fue encarcelado y luego, en 1811, ejecutado.

San Isidro tiene una sensación antigua y encantadora, con muchas de las calles del centro construidas con adoquines. La mayoría de los edificios (tiendas y demás) están hechos de una combinación de bloques de cemento, estuco y piedra, mientras que la mayoría de las casas privadas están construidas con adobe y madera. Los caballos y los carros tirados por burros todavía se utilizan ampliamente en toda la ciudad. La capilla de Nuestra Señora de Guadalupe fue construida con adobe y madera y, para ser una capilla de misión local, era bastante espaciosa, aunque para que sirviera como iglesia parroquial, tuvimos que agrandarla. Sin embargo, contaba con un salón parroquial bastante grande que se adjuntaba a la parte posterior de la capilla. Aquí era donde ese noble grupo de mujeres mayores hacía los tamales los sábados por la mañana. En consecuencia, la sala estaba cubierta de hollín y era prácticamente inutilizable para funciones parroquiales.

Durante nuestra estadía de nueve meses en la casa del santuario, después de liberar a los cocineros de tamales de su "servidumbre por contrato", limpiamos y pintamos el salón de la capilla en un tono alegre, melocotón pastel. Luego lo llenamos con atractivos muebles de exterior de vinilo blanco como la nieve que encontramos a la venta en la Capital; ocho grandes mesas redondas y cuarenta sillas de respaldo alto. Aquí es donde nos reunimos esa mañana para la segunda reunión del consejo parroquial. Juntamos dos de las mesas para poder comunicarnos mejor y luego nos sumergimos en una reunión extremadamente significativa.

—Hno. Gabriel, ¿sería tan amable de guiarnos en oración? —pregunté.

—Sí, por supuesto. Padre Celestial... bendícenos y guíanos mientras nos reunimos para discutir el desarrollo de nuestra nueva parroquia. Abre nuestras mentes y corazones a tu presencia, tu amorosa providencia, tu sabiduría... y tu voluntad. ¡Viva la Virgen de Guadalupe!

—¡QUE VIVA! —respondieron los miembros del consejo con entusiasmo!

—Amigos míos —comencé— anoche estudié las importantes cuestiones que discutimos en profundidad ayer. Pero lo que es más... oré por ellos profundamente y con gran atención. Aquí, entonces, están las conclusiones a las que he llegado.

Con respecto a los sueldos del personal… miré las sugerencias que anotó y todas reflejaban lo que he llegado a saber es la“ tarifa actual ”para esos puestos en particular. Me sentí bastante edificado por su humildad y honestidad en este ejercicio un tanto inusual. De hecho, dos personas compartieron cómo los puestos para los que fueron contratados ni siquiera se consideran puestos remunerados aquí en México; esos puestos generalmente están a cargo de voluntarios. Por lo tanto, al no tener precedentes en su memoria, ni siquiera serían capaces de especular sobre cuál debería ser su salario.

A pesar de la ausencia de precedentes, he decidió que aquí en la nueva parroquia de Nuestra Señora de Guadalupe, esos *serán* "puestos pagados ".—

Esta declaración fue recibida con una amable sonrisa tanto del Sacristán como del DRE.

—Respecto a las otras posiciones: ¡Los salarios que sugiero serán más del doble!—

Con esta declaración, los miembros del personal no sabían si regocijarse o simplemente desmayarse. Hno. Gabriel y Brian no estaban realmente seguros de lo que estaba sucediendo y, aunque estaban contentos con lo que estaban escuchando, al mismo tiempo estaban muy conscientes de nuestras limitaciones financieras y de la condición de pobreza del vecindario donde estaba ubicada la parroquia. Por tanto, por prudencia y reserva mantuvieron un estado de calma y compostura emocional. Mientras tanto, los miembros del personal estaban claramente regocijados, volviéndose uno hacia el otro con grandes sonrisas, algunos incluso le dieron a su vecino un pequeño abrazo hombro con hombro.

—Me alegra que esté satisfecho con su compensación financiera, ojalá pudiera ser más —dije.

—Pasemos ahora a otro tema importante... las tarifas de la Iglesia. Ayer, si recuerdas, Sandra compartió con nosotros las cuotas tal y como existen ahora en la parroquia de San Isidro. Recordarás... y por favor, corrígeme Sandra si digo algo mal: que un funeral, una boda o una quinceañera, cuesta mil pesos cada uno en San Isidro. Aquí en Guadalupe la tarifa será: 250 pesos —la habitación estaba en silencio.

—Bautismos, Primeras Comuniones y Confirmaciones, son 500 pesos en la parroquia San Isidro. Aquí en Guadalupe serán: 100 pesos. —el silencio en la habitación era muy pesado como la atmósfera que uno encontraría en un mausoleo. En el espacio de uno o dos minutos, el grupo había pasado de un espíritu elevado de júbilo regocijo, a un espíritu taciturno de luto mortal.

—Además, Sandra, ya que estás registrando feligreses para los diversos sacramentos y servicios, te pido que por favor que sigas esta política: si una persona no puede pagar la tarifa sugerida, no tendrá que pagarla. Si ofrecen donar algo de su jardín, por ejemplo: mangos, plátanos o quizás algunos huevos; puede aceptar la oferta... pero no es obligatorio. No queremos dinero... *especialmente* dinero... o cualquier otra cosa, para formar una barrera entre los sacramentos y el pueblo de Dios; los sacramentos pertenecen a Jesús y son para la gente... no para nosotros. —pensé que el silencio no podía ser más denso, pero lo hizo. Después de un minuto extremadamente incómodo de silencio cartujo, con una gran cantidad de inquietudes y movimientos en sus sillas, los miembros del consejo, algunos de los cuales tenían lágrimas en los ojos, levantaron la cabeza y me miraron, mientras la persona sentada junto a Sandra pinchó el brazo de Sandra, instándola a que dijera algo para el grupo.

—Padre —comenzó Sandra— si aún no ha desempacado sus pertenencias, no se moleste en hacerlo, porque, en base a todo lo que acaba de compartir con nosotros... no estará mucho tiempo aquí. ¿Cómo es posible que nos pague más del doble del salario normal cuando ha disuelto los fabricantes de tamales y ha reducido las cuotas de la Iglesia a prácticamente nada? Y, además, me ha indicado que me suscriba a nuestros servicios incluso a aquellos que dicen que no pueden pagar la tarifa. ¡Debería restablecer la fábrica de tamales, configurar nuestras tarifas para que sean las mismas que las de San Isidro y exigir que todos paguen, en su totalidad, la tarifa establecida!—

—Estamos tristes porque los amamos y sabemos cómo la gente local se aprovechará de su buen carácter y corazón caritativo. Y una vez que la primera persona se salga con la suya sin pagar la tarifa nominal que ha decidido tan generosamente... nadie querrá pagar. La gente concluirá que usted es extremadamente ingenuo o que su comunidad es una rica comunidad estadounidense que puede cubrir todos los gastos de la parroquia. Ya sabemos que la colecta dominical será relativamente insignificante. Por lo tanto, estos otros medios de ingresos no solo son útiles... ¡son vitales! Por favor, Padre... no continúe por este camino. Nos hemos encariñado mucho con usted y su equipo... ¡y no queremos perderse! ¡Tampoco queremos perder la posibilidad de tener finalmente nuestra propia parroquia!

En este punto, algunos de los miembros del consejo comenzaron a sollozar y llorar abiertamente. Fue devastador para ellos pensar en cómo habíamos llegado tan lejos y estábamos tan cerca de la meta final... el establecimiento de una nueva parroquia en la zona más pobre de la ciudad, pero ahora de buen corazón, pero ¡El idiota sacerdote americano iba a arruinarlo todo de una sola vez!

—Mis queridos amigos —comencé— me rompe el corazón verlos tan trastornados y abatidos. Perdónenme... Realmente les debo una explicación. Como religioso y misionero, todo lo que acabo de compartir con ustedes tiene perfecto sentido para mí, pero entiendo completamente lo absurdo que todo esto debe sonar para ustedes; especialmente considerando cómo me olvidé de compartir la parte más importante del plan... ¡la dimensión espiritual!—

Con estas palabras, los sollozos y las lágrimas comenzaron a desvanecerse y uno a uno, levantaron la cabeza y reanudaron el contacto visual conmigo. Ahora vino la parte difícil, que es probablemente la razón por la que evité hablar de ello en primer lugar; ahora, tenía que explicar cómo una situación que parecía completamente ilógica funcionaría a la perfección.

—Mis amigos y colaboradores en la viña del Señor, una parroquia, si es algo... es un lugar de fe. Si nosotros, los pastores, no tenemos fe... ¿cuáles son las posibilidades de que el rebaño la tenga? Anoche oré por todas estas importantes decisiones. Dado que nuestra hermosa parroquia nueva pertenece en última instancia a nuestra santa Madre, le rogué que guiara mi corazón para que pudiera desarrollar su parroquia de acuerdo con su corazón, no el mío... y lo hizo. Ella tocó mi corazón y me despertó a la misericordia y compasión que llena su propio corazón. Al instante, supe que, como fieles administradores, si dirigíamos la parroquia de acuerdo con ella con su corazón, *ella* se ocuparía de ello; ¡ella misma lo haría prosperar!

—La Caridad, especialmente, en un lugar donde sido burlada durante muchos años por un terrible ejemplo de codicia, parecerá una tontería. ¡Pero en un lugar así, la caridad es precisamente lo que se necesita tan desesperadamente! Ésta es nuestra misión; así se cumplirá, mediante la fe y la caridad. Si solo servimos al pueblo como su madre quiere que lo sirvan, no poniendo barreras entre ellos y su divino hijo, sino facilitando esa relación esencial dando un poderoso testimonio de fe y caridad; no tendremos de qué preocuparnos. . ¿Tiene sentido algo de esto para usted? ¿Está empezando a comprender cómo funciona esto?

—Sí, Padre —dijo Elsa, la sacristán—lo que le escucho decir es que, si hacemos lo que es verdaderamente bueno y correcto, si realmente vivimos la misericordia y compasión de nuestra madre, de alguna manera todo saldrá bien porque Dios se agradará de nosotros. Solo tenemos que confiar y dar un paso de fe.

—¡Eso es, Elsa! Precisamente... ¡expusiste el caso mejor que yo! El amor encontrará un camino... solo tenemos que creer. Así que ahora, tengo que preguntarles... son todos ustedes, eso lo incluye a usted, hermano; y tú, Brian... ¿están todos listos para dar este paso conmigo? Recuerda... amar es un riesgo; ¡pero un riesgo que vale la pena correr!

—Por el bien de nuestras familias y de todos nuestros amigos y vecinos que sufren en este barrio, sí, Padre... ¡correremos el riesgo que el amor requiere! —declaró Sandra, firme y orgullosa... ¡como si acabara de apuntarse para ser Cristera!—

CAPÍTULO DIEZ

—Pancho Villa es toda una leyenda por estos lares, Padre Gabriel, ¿lo sabía usted? —pregunté.

—Sí... Padre Jack —respondió el Hno. Gabriel.— Nació en Durango, pero de adulto terminó en Chihuahua. Después de matar a un hombre que violó a su hermana y huir a la Sierra Madre como fugitivo, adoptó la vida de un bandido. En el momento de la Revolución Mexicana, un político revolucionario lo convenció de que pusiera su experiencia como bandido en beneficio de los pobres y luchara contra el Ejército Federal como revolucionario. Formó una fuerza militar conocida como: *La División del Norte*; y tuvieron un éxito notable y fueron muy temidos. Se dice que cuando atacó un bastión federal, las Fuerzas Federales que manejaban las defensas lo vieron al frente en su famoso caballo blanco, liderando la carga con total abandono y gritando como un maníaco, se apoderó de tal terror en sus corazones que, en ese punto, se podría decir: la pelea casi había terminado.

—¡Vaya, hermano... de bandido a general militar! ¿Y luego qué pasó? —pregunté.

—En el punto más alto de su éxito y popularidad, fue nombrado gobernador de Chihuahua y, debido a su falta de educación, no se sentía cómodo ni eficaz en este papel... y finalmente se hizo a un lado. No mucho después de esta experiencia, Villa y su famosa División Del Norte comenzaron a perder algunas batallas muy significativas. Todo le salió mal cuando finalmente tomó una decisión supremamente autodestructiva; atacó una ciudad fronteriza estadounidense que, dicho sea de paso, está muy cerca de nuestro ejido más al norte. El ataque de Pancho Villa a Columbus, Nuevo México, en 1916 fue el principio del fin para él. Su intención era asaltar y abrumar a la pequeña unidad militar estadounidense allí y robar tantos suministros y armas como fuera posible. Tuvo éxito en esta misión, pero en el proceso, mató a dieciocho estadounidenses. Lo que sucedió después atestigua el viejo adagio: *Él ganó la batalla... ¡pero perdió la guerra!*

¡El público estadounidense se enfureció! El presidente Wilson envió una fuerza de cinco mil soldados liderados por el general John 'Black Jack' Pershing para perseguir a Villa hasta México. Esta búsqueda de Villa y sus asaltantes se llamó: *Expedición Punitiva Mexicana*. Por varias razones, la expedición fue un fracaso y Villa logró eludir a las fuerzas estadounidenses que la perseguían. La popularidad de Villa en los Estados Unidos. Quedó prácticamente destruida en este punto, pero como para asegurarse de que nunca podría revivir, pasó a hacer algo que hizo un daño irreparable a su reputación ya tambaleante.

—¡Caray, hermano! ¿Entonces de bandido, héroe revolucionario, paria internacional? —dije.

—Sí... ese sería un resumen bastante acertado de su tempestuosa vida, Jack —respondió el Hno. Gabriel. —Hay un pequeño pueblo no muy lejos de aquí llamado Namiquipa. El pueblo de Namiquipa fue el más leal y entusiasta de todos los partidarios de Villa en el estado de Chihuahua. Pero cuando la reputación de Villa como líder militar comenzó a declinar, su apoyo popular en todo México también comenzó a deteriorarse. Cuando el general Pershing llegó a Namiquipa, no le resultó tan difícil convencer a los una vez fieles *villistas* de que abandonaran a su antiguo héroe y trabajaran con el Ejército de los Estados Unidos en su búsqueda para localizar y capturar al ahora de mala reputación, Pancho Villa.

Pensando que sería casi imposible para una fuerza tan grande de soldados estadounidenses bien entrenados no capturar a Villa, los habitantes de Namiquipa cooperaron con el general Pershing. Cuán sorprendidos estaban al enterarse del fracaso de la expedición, y de cómo las tropas estadounidenses regresaban ahora a los Estados Unidos, para lidiar con algo más urgente: la Primera Guerra Mundial. Cuando Villa se enteró de cómo Namiquipa lo traicionó, se enfureció profundamente. Cuando finalmente llegó al pueblo, animado por la venganza y una creciente sensación de derrota, soltó a sus hombres en el pueblo para que hicieran lo que quisieran, especialmente con las mujeres.

—Qué extraño, hermano; la vida violenta de Villa comenzó exigiendo represalias por una violación y terminó utilizando la violación como una forma de represalia —llegué a la conclusión.

—Hay un capítulo final en la vida de esta interesante e histórica figura mexicana. Cuando Villa finalmente acordó cesar las hostilidades y retirarse a su enorme rancho en Chihuahua, todavía era un hombre relativamente joven de poco más de cuarenta años. Había indicado que se mantendría al margen de la esfera política, pero cuando vio quién se postulaba para la presidencia decidió reincorporarse a la política. La mayoría de los historiadores están de acuerdo en que esta decisión, otra autodestructiva y equivocada... le costó la vida. Salió de su rancho un día para visitar un pueblo cercano llamado Parral y al entrar al pueblo su vehículo fue emboscado por siete fusileros, y Pancho Villa fue asesinado en el acto. Tenía 45 años.

—*"El que vive a espada, a espada muere"*. (Mateo 26:52) —añadí. ¿Cómo es que Jesús siempre tiene razón, hermano?—dije en broma.

—¿Puede tener algo que ver con el hecho de que él es Dios? —respondió el hermano, caprichosamente.

—¡Puede que tengas algo ahí, hermano! —le insinué con una sonrisa.— Por cierto, Padre Gabriel... ¿te dije que fuimos invitados por el ex alcalde de San Isidro, Rodrigo Velásquez, a reunirnos con él y su esposa para cenar en su hermosa casa mañana por la noche?

—Sí... 7:30 pm, ¿correcto? —respondió el Hno. Gabriel.

—¿Alguna vez has olvidado algo, hermano?

—¡Nada que pueda recordar!

—Eso es bueno, hermano... ¡realmente bueno!

—Pasen, caballeros, por favor. ¡Bienvenido! Justo por aquí. —dijo Rodrigo cálidamente, mientras nos saludaba a los tres en la puerta. —¡Espero que te guste el bistec! Puede que hayas oído... Soy dueño de un gran rancho. Así que hice que sacrificaran uno de nuestros novillos especiales alimentados con maíz solo para esta ocasión. ¡Te enviaré a casa esta noche con suficiente carne para que te dure un par de meses! Siéntate en nuestra mesa... esta es mi esposa, Anna.—

La casa tenía un largo camino circular de grava y nos recibió en la entrada un empleado que nos indicó que ingresáramos. Luego nos recibió otro empleado que nos acompañó hasta la enorme puerta tallada a mano, hecha de Tablones de cedro al estilo español antiguo. Estaba oscuro, así que no podía ver muy bien la casa; pero me di cuenta de que era una casa grande de adobe estilo rancho, con un acabado de estuco de color tostado claro. ¡El interior de la casa era hermoso! La casa estaba adornada con innumerables antigüedades mexicanas, así como numerosas pinturas históricas. Casi todos los techos estaban revestidos con vigas hechas de vigas oscuras y pesadas. La mesa del comedor era, en sí misma, un tesoro. Salió directamente del período colonial español y fue diseñado para acomodar catorce. La cena fue exquisita y todos estuvimos de acuerdo en que los filetes, que tenían más de una pulgada de grosor, eran los más tiernos y jugosos que cualquiera de nosotros había tenido el placer de disfrutar. Fue una velada espléndida, llena de buena comida, risas cordiales, conversación enérgica e información y consejos muy importantes.

—Padre Jack —comenzó Rodrigo,— cuando conduzca a su ejidos del desierto, es casi seguro que se encontrará con una patrulla militar de un tipo u otro. Esté en guardia. El ejército solo está ahí para proteger y ayudar al tráfico de drogas. No se equivoque al respecto; los dos grupo, el cartel y los militares, son indistinguibles; la única diferencia es que uno de ellos lleva uniforme.

Si te encuentras con una patrulla, definitivamente te detendrán y te interrogarán. Si te dicen que te quites toda la ropa porque necesitan hacer un registro al desnudo, hagas lo que hagas... ¡no cumplas! Si insisten, dígales que la única forma en que podrán quitarle la ropa es si lo matan. Hablo por experiencia personal, el Padre Jack. Si obedecieras, tu dignidad se habría reducido tanto que sería una distancia muy corta emocionalmente para que el comandante te meta una bala en la cabeza. Manténgase firme y no insistirán—

Cuando regresamos a la rectoría esa noche estábamos maravillados por la bondad de Dios y cómo nuestro Señor realmente es el Buen Pastor que siempre va delante de nosotros. Qué "aviso" crítico recibimos esa noche de Rodrigo. Dado que este punto crucial con respecto a los militares y cómo tratar con ellos no había sido mencionado por Mons. Mike... nos preguntamos cuántos otros fragmentos de información igualmente críticos aún no se habían compartido con nosotros, y tal vez nunca lo serían.

—Hermanos... no podemos saberlo todo; nadie puede. Y, por la misma razón... que es nuestro estado mortal con sus limitaciones necesarias, no podemos prepararnos para todas las contingencias— declaré tranquilamente, con la esperanza de aliviar algo de la ansiedad creada por la inquietante presentación de Rodrigo.

—Cuando necesitemos ayuda del cielo estará allí. Usted puede contar con él. Recuerden, nunca estamos solos; esta no es nuestra misión, esta es la misión de nuestro Padre. ¡Serás guiado por el Espíritu y ni un cabello de tu cabeza se dañará!—

CAPÍTULO ONCE

El Señor, más que nadie, sabe cómo comenzar una misión. Él sabe exactamente lo que se necesita para que una nueva misión "despegue". ¡Y qué se necesita... curaciones! ¡Curaciones milagrosas, inexplicables, indiscutibles...! Mire cómo comenzó la propia misión de Jesús: *"¡Y los sanó a todos!"* (Mateo 15:30). No fue diferente conmigo en San Isidro. Durante la primera semana que estuvimos allí, una familia me llamó y me preguntó si iría a su casa y bendeciría a su hijo de veintiocho años que se estaba muriendo. Añadió que el médico no sabía exactamente cuál era la causa.

—Gracias, Padre, pase... ¡Estoy tan contento de que haya podido asistir! —exclamó la madre del joven. Por aquí, Padre, lo llevaré a su habitación.

Antes de entrar en la habitación del paciente, su madre me llevó a un lado y empezó a susurrar:

—Padre... mi hijo se está muriendo porque su nivel de hemoglobina sigue bajando. Se supone que es 14. En este momento, ha bajado a 5. El médico no tiene un diagnóstico claro... parece que no puede identificar el problema; y, por tanto, todo lo que intentó ha fallado. Por favor Padre, ayúdelo... ¡haga *algo* por él!

El joven estaba extremadamente débil y apenas podía hablar. Le di el sacramento de la unción de los enfermos y cayó en un sueño profundo. Al día siguiente, la madre me llamó y me dijo que su hijo se despertó esa mañana con fuerza y energía y parecía estar perfectamente sano. Tenía una cita en la clínica, y cuando la enfermera comprobó su nivel de hemoglobina descubrió que era perfecto... ¡14! ¡Su médico estaba eufórico y la alegría de su familia no conocía límites!

Durante el primer año que estuvimos en la misión San Isidro, este tipo de fenómenos sucedieron una y otra vez. Estaba sucediendo tan rutinariamente que, inmediatamente después de la misa dominical, cuando yo estaba parado afuera en la pequeña plaza frente a la Iglesia... se formaba una fila de al menos 20 personas con el único propósito de recibir una bendición especial de parte del cura... —Padre, por favor; ¡una oración, una oración, Padrecito!—

La nueva parroquia para los pobres tuvo un gran comienzo, y mis compañeros misioneros y yo, Brian y Padre Gabriel, nos sentíamos muy bien con todo. Nos preguntábamos cuándo tendríamos un encuentro con nuestro presunto némesis, el Padre Gómez. Lo habíamos visto en varias reuniones y encuentros eclesiales, pero siempre nos evitaba. Nosotros también lo evitamos desde que supimos a través de la parra de la iglesia que estaba disgustado de que nos hubieran enviado a San Isidro. ¿Quizás estaba tramando algo contra nosotros en este momento? ¿Qué tan probable era que se hubiera echado atrás por completo y se hubiera resignado a simplemente tolerar, por el resto de su vida, nuestra escandalosa intrusión en *su* mundo privado?

Entonces, finalmente, sucedió algo. No fue muy grande, pero fue muy revelador. Padre Gómez envió a su secretaria a nuestra parroquia para entregarme una carta y una factura. La carta decía que yo era responsable de la factura de electricidad adjunta. La factura era para la propiedad parroquial de Nuestra Señora de Guadalupe, pero era para el mes anterior a nuestra llegada a San Isidro. Padre Gómez dijo que éramos responsables de la electricidad desde el momento en que nuestra comunidad aceptó oficialmente la misión. Sabía que este no era el caso ya que los gastos de una parroquia se pagan mediante la colecta dominical, y por todo ese mes, él había estado recibiendo la colección, no nosotros.

La electricidad es mucho más cara en México que en Estados Unidos, por lo que la factura rondaba los $400 dólares. Eso resultaría una suma útil para una de sus muchas excursiones al casino en El Paso, pero no la pagué. Cortésmente le expliqué mi posición a su secretaria, le di una bendición y la despedí. Nunca escuchamos una palabra más sobre el proyecto de ley, pero nos despertaron al escalofriante nivel de artimañas, así como de intimidación, del que este hombre era capaz. En ese momento, era bastante obvio para nosotros que él no iba a aceptar nuestra desagradable presencia acostado. Y eso, a pesar de lo bueno que era nuestro escudo de redes humanas, no había renunciado a la nave, sino que seguía intentando descubrir alguna forma de llegar hasta nosotros.

Sin embargo, sabíamos al entrar que era probable que sucedieran cosas como esta, así que lo dejamos de lado y estábamos más decididos que nunca a tomar con calma cualquier otra cosa que pudiera lanzarnos. En cambio, decidimos enfocarnos en el hecho de que la parroquia realmente lo estaba haciendo notablemente bien. Al fundar una parroquia, una de las primeras determinaciones que debe tomarse es el horario de la misa. Sabía que el Padre Gómez tuvo una misa de vigilia el sábado por la noche a las 5 de la tarde en la Iglesia de San Isidro. Decidí que, en lugar de tener nuestra misa de vigilia al mismo tiempo, les daríamos a los católicos de la ciudad de San Isidro una nueva opción, nuestra vigilia se fijó a las 4 de la tarde.

Esto, sin haberlo pensado realmente bien, resultó ser una decisión maravillosa. Lo que sucedió fue que varias familias acomodadas favorecieron nuestra misa de vigilia a las 4 pm porque el momento facilitó sus planes familiares, sociales o de viaje particulares para el fin de semana. Este efecto no fue en absoluto mi intención, pero ciertamente ayudó a reforzar nuestra humilde colección.

Un par de feligreses vinieron a verme a mi oficina para decirme que habían observado este nuevo desarrollo y que no creían que fuera apropiado que esas personas ricas vinieran a nuestra parroquia pobre vistiendo ropa tan bonita y cara. Los feligreses preocupados sintieron que escandalizó a toda la congregación y los hizo sentir irrespetuosos y "mal vestidos" para la ocasión. Los feligreses que estaban sentados frente a mí en ese momento compartiendo sus más sinceros sentimientos y preocupaciones eran ellos mismos extremadamente pobres y vestían con lo que la mayoría de los miembros ricos de la sociedad estadounidense llamarían "harapos".

Nunca anticipé una reacción tan emocional a lo que pensé que era un desarrollo positivo, que solo muestra que no importa cuánto los misioneros tratemos de ser uno con nuestra gente, siempre nos quedaremos cortos; nunca seremos capaces de abrazar por completo, o entrar por completo, en su experiencia de pobreza, sufrimiento y explotación. Adoptamos su cultura, en la medida en que podemos, por amor a ellos. Pero siempre debemos tener en cuenta que nacieron en ella, es todo lo que saben.

Los escuché sin decir una palabra, y cuando terminaron de expresarme su corazón, me quedé sentado en silencio tratando de absorber y comprender la profundidad de lo que acababan de compartir. Me sentí verdaderamente privilegiado y honrado de que se sintieran lo suficientemente cómodos como para venir y hablar conmigo sobre este asunto. Sentí que parte de su preocupación era que los visitantes ricos eventualmente tomarían el control de la parroquia y que terminaría siendo tan insensible con los pobres como el Padre Gómez. También sentí que temían que estos ciudadanos ricos pudieran estar sirviendo como espías del Padre Gómez. ¿Cómo debo responder? Sabía por experiencia que, sin lugar a dudas este era un "momento pastoral", un punto de inflexión.

—Gracias por venir aquí esta mañana y compartir sus pensamientos y sentimientos. Me alegra ver que se sintió cómodo haciéndolo. También reconozco en todo lo que dijo cuánto ama a su nueva parroquia, y me edifica su sentido de responsabilidad por el bien común. Como pastor, cuán complacido estaría si todos nuestros feligreses tuvieran este mismo sentido de 'pertenencia' que se expresó en su articulación reflexiva de estas preocupaciones y observaciones particulares.

Las nuevas personas que asisten a nuestra misa de vigilia de las 4 pm no están asociadas con el Padre Gómez, pero están asociados conmigo; ¡ellos son mis amigos! Si bien es cierto que están bien vestidos, les puedo asegurar, su única intención es ayudarnos. Saben que lo que está sucediendo aquí en nuestra nueva parroquia es histórico y en los próximos años será recordado como un hermoso capítulo en la historia religiosa de esta ciudad... ¡y quieren ser parte de ello! Su nueva parroquia no es solo "la comidilla del pueblo"... es la comidilla de la región; ¡Incluso están entusiasmados al otro lado de la frontera en El Paso!

Lo principal que me gustaría comunicarle es que no tiene por qué avergonzarse de su situación económica ni de su forma de vestir; nuestros visitantes adinerados vienen aquí *precisamente* por su sencillez y austeridad. Vienen a nuestra hermosa parroquia nueva porque saben que sus corazones encontrarán aquí lo que no han podido encontrar en ningún otro lugar. ¿Y sabes qué es eso? ¡AMOR! Sí... ¡el *amor* es en lo que nos especializamos aquí en la Parroquia de Nuestra Señora de Guadalupe! Puede que no tengas muchas cosas... ¡pero tienes un gran corazón y mucho amor para dar! Y los ricos lo saben instintivamente, basándose en su propia experiencia de cómo una vida mimada de lujo puede socavar la capacidad de amar.

Creo que lo que realmente estoy tratando de decir es que vienen aquí porque te necesitan. Realmente es así de simple. Tienes lo que necesitan: fe y amor. Y, a decir verdad, por eso estoy aquí también. También necesito ser evangelizado por su testimonio inquebrantable de Jesús crucificado. ¿Ves cómo esto también es parte de la misión de nuestra nueva parroquia? Es importante que este aspecto de nuestro servicio a la comunidad de fe más grande de la Ciudad de San Isidro sea adoptado sin temor ni vacilación. Como dijo Jesús: *"¡Tú eres la sal de la tierra!"* (Mateo 5: 13-16). ¿Tiene sentido algo de esto para usted?

—Lo entendemos, Padre —dijo el líder de la pequeña delegación.— No tenemos muchas cosas... ¡pero tenemos mucho amor para dar! Tiene razón, Padre. Gracias por abrirnos los ojos. ¡Somos quienes somos y tenemos nuestro propio regalo especial para dar! Daremos la bienvenida a todos con los brazos abiertos y el corazón abierto. Y, como dijo Jesús; ¡seremos... la luz del mundo!—

CAPÍTULO DOCE

Con respecto al desarrollo de la parroquia, las cosas iban muy bien. Debido a que el personal de nuestra parroquia estaba tan eufórico con sus, hasta ese momento, sueldos inauditos, se corrió la voz muy rápidamente de que las cosas se estaban manejando de manera muy diferente en la nueva parroquia, y que no solo no había rastro de explotación por parte de los misioneros, el principio rector del pastor era el de dar, en lugar de recibir o tomar.

Con este tipo de mensaje positivo recorriendo la *colonia* (una sección de una ciudad), así como la ciudad en general, cada domingo, a medida que aumentaba el nivel de confianza y comodidad (de un pueblo que había aprendido a temer a la iglesia); la asistencia a la misa también aumentó hasta que la iglesia estuvo tan completamente llena, incluso con los bancos que habíamos agregado a lo largo de las paredes traseras y laterales, tuvimos que colocar algunos bancos a lo largo de las paredes del santuario, así como afuera en el frente plaza.

—Bueno, Padre Jack —dijo Sandra un lunes por la mañana después de contar la colecta del domingo. Creo que puede terminar de desempacar e instalarse ahora. Usted tenía razón; ya que hemos puesto el servicio al pueblo de Dios por encima de cualquier otra consideración... ¡Dios nos está sirviendo! ¡Esta colección es simplemente increíble! ¡Cubrirá todos los salarios del personal, así como los servicios básicos!

Sandra me dijo el monto de la recaudación y, en mi cabeza, rápidamente hice los cálculos.

—Sandra —comenté— tienes razón; esta colección es increíble. Pero estoy al tanto de ciertas cosas que me dicen que puede haber algo más aquí. ¡Esta recolección puede ser milagrosa!

—¡Capellán! —exclamó Sandra. —pero... ¿como? Dime, Padre... ¿como?

—Déjame explicarte, Sandra. Sabemos cuánto es capaz de dar nuestra gente, incluso en las mejores circunstancias. Sabemos que esa cantidad ni siquiera se acerca a cubrir nuestros gastos. Entonces, estás imaginando que la diferencia la están dando nuestros visitantes adinerados. ¿Estoy en lo correcto?"

—¡Si, Padre... por supuesto! Esa sería la respuesta más lógica, Sandra. Pero eso no es lo que está pasando aquí.

—Padre... estoy confundida.

—Como debes estar, Sandra. Has conocido a Sara Davis de El Paso. Ella creció con todos y cada uno de los visitantes que vienen a nuestra misa de vigilia, y todos son muy buenos amigos. Están hablando por teléfono todo el tiempo con Sara y le dijeron la cantidad exacta que donan a nuestra colección. Sara compartió esta información conmigo para que no me desanimara. Entonces, sé la cantidad exacta que dieron nuestros ricos partidarios. Esa suma, combinada con la cantidad que sabemos por experiencia que nuestra gente puede pagar, solo representaría la mitad de la recaudación. ¡Creo que lo que estamos viviendo aquí es algo comparable a la multiplicación de los panes y los peces!

—¡Qué cosa tan maravillosa, Padre!

—¡Ahora crees, Sandra! —exclamé.— El Buen Pastor cuida de sus ovejas; ¡solo tenemos que creer y amarnos como él nos amó! ¡Cree... y verá las maravillas de su amor! Mientras vivimos y experimentamos estas maravillas, las irradiamos y las compartimos con el rebaño; ¡y por eso la iglesia está llena!

—Yo sí creo, Padre. Qué hermosa Madre tenemos; tú le pidió que lo guiara en sus decisiones, y lo hizo. Y ahora podemos ver los magníficos resultados de lo que en un principio parecía ser un plan completamente ilógico. Padre, en este sentido, es decir con respecto al desarrollo de la parroquia, me complace informar que desde el punto de vista administrativo tenemos todo en su lugar ahora, de modo que podemos, si lo desea, programar nuestros primeros Bautismos.

—¡Qué buenas noticias, Sandra! —dije con una gran sonrisa.— Voy a imprimir un anuncio para colocarlo en todas las puertas de la iglesia... y podemos poner un aviso en nuestro boletín dominical: *La Tilma*, anunciando la fecha y avisando a nuestros feligreses que vengan. a la oficina para inscribirse. Fijaremos la fecha para un mes a partir del próximo sábado, al mediodía. Este será un día alegre e histórico para nuestra parroquia porque, dado que esos bautismos serán los primeros registrados oficialmente en la nueva parroquia, ¡será como si la parroquia misma se estuviera bautizando!

—Padre... en la Parroquia de San Isidro, hay ciertos criterios que deben cumplirse antes de que un niño, o cualquier otra persona, pueda ser bautizado. ¿Qué criterios requeriremos aquí en Nuestra Señora de Guadalupe? ¿Necesitas algo de tiempo para estudiar la pregunta?

—No. Es muy simple: si alguien tiene un bebé que necesita ser bautizado... han cumplido con todos los criterios que tendremos aquí en la nueva parroquia. Recuerda, Sandra, por qué estamos aquí en primer lugar; esta colonia ha sido completamente abandonada espiritualmente. Lo último que queremos hacer es poner obstáculos entre la gente y los sacramentos, especialmente en lo que respecta al bautismo. Nuestra misión es construir una comunidad parroquial, no afirmarnos y promover nuestro propio poder y posición soñando con normas mezquinas y autodestructivas que solo alejarán a nuestra gente hermosa y sufriente de la Iglesia. Han sido excluidos y gravemente desatendidos por la Iglesia. Ante este triste estado de cosas, lo mínimo que podemos hacer es darles la bienvenida con calidez y actitud de reparación.

Cuando finalmente llegó el sábado tan esperado para los primeros bautismos, estaba en la mesa del comedor bebiendo una taza de chocolate caliente y leyendo el periódico local cuando Brian entró en la habitación.

—Oye, Padre Jack —dijo Brian,— ¿ya has ido a la iglesia?

—No, Brian… todavía no. ¿Por qué?

—No lo vas a creer, Padre. ¡Es un caos allí! ¿Sabes lo llena de gente que está la iglesia los domingos? ¡Bueno, multiplique eso por dos! Todas las puertas de la iglesia están abiertas y la multitud se derrama hacia los jardines y las placitas. Parece como si toda la parroquia estuviera aquí; joven, viejo... toda la familia, incluida la familia extensa; primos, tías, tíos, padrinos, amigos de otras ciudades y familiares de los Estados Unidos.

—Vaya, Brian... ¡quién lo hubiera adivinado! ¿Qué está pasando con el estacionamiento?

—Un completo desastre, Padre ¡Jack! ¡Coches POR TODAS PARTES! Hay tantos autos estacionados en triples en la calle lateral que la carretera está esencialmente bloqueada... a menos que esté a caballo o en bicicleta. ¿Cuántos bautismos tienes hoy, Jack?

—No estoy realmente seguro, Brian. Le pregunté a Sandra hace un par de semanas y dijo que parecía que íbamos a tener bastantes. Entonces, supongo que estamos hablando de quizás diez bautismos. Brian, ¿podrías hacerme un gran favor e ir a la oficina y pedirle a Sandra el número exacto de bautismos y luego informarme? Estaré arriba en mi habitación preparando algunas cosas. ¡Muchas gracias!

—Padre Jack, soy yo... Brian —gritó Brian mientras tocaba a la puerta de la habitación del Padre Jack.

—Claro... pasa, Brian; ¿qué tienes?

—Jack... es posible que desee sentarse para esto —dijo Brian, sus ojos brillando con asombro y una sonrisa feliz en su rostro.— Tienes no menos de 75 bautismos esperando en la iglesia—

—¡Tú!

—¡75!

—¡Sí... 75!

—El Señor es bueno, Brian... ¡qué privilegio! Vayamos a la iglesia ahora y comencemos antes de que alguien, debido a la multitud, se canse o se desanime y decida irse. En verdad, esta es una oportunidad misionera poco común, Brian... asegurémonos de aprovecharla al máximo al dar la bienvenida a estos 75 nuevos cristianos a la Iglesia y al mismo tiempo inspirar y afirmar la fe de sus familias y amigos.—

Usando una forma misionera del Rito de Bautismo, bautizamos a todos los pequeños candidatos en cuatro horas. Algunos de los candidatos no eran tan pequeños. Había unos diez entre los seis y los dieciocho años. La enorme cantidad de almas no bautizadas representaba el grado de negligencia pastoral al que la colonia había estado sujeta durante tantos años. Un período de abandono que ahora, en este día histórico, terminó oficialmente.

CAPÍTULO TRECE

Un número inusualmente grande de bautismos resultó ser la norma, no solo para el bautismo, sino también para todos los demás sacramentos. Esto constituyó otro impulso inesperado para las finanzas de nuestra misión. Sin embargo, aunque estábamos manejando los salarios y los servicios públicos, todavía teníamos dificultades para pagar los gastos de comida, gasolina y mantenimiento general. Por mucho que hiciéramos una lluvia de ideas y discutiéramos el tema, no pudimos encontrar una solución viable que generara más ingresos. Hasta que una tarde calurosa, soleada y tranquila sucedió algo muy extraño. Sandra y yo estábamos sentados en nuestros respectivos escritorios en la oficina parroquial tratando de hacer mella en el retraso administrativo que se había ido acumulando debido a la extraordinaria cantidad de sacramentos con los que habíamos estado tratando. Teníamos la puerta al exterior abierta de par en par para dejar entrar la brisa y escapar el calor.

De repente, aparentemente de la nada, había una mujer en la puerta de la oficina. Ella simplemente se quedó allí tan tranquila y quieta como un lago de montaña aislado. Parecía estar esperando hasta tener toda nuestra atención. Iba vestida con un atuendo modesto, pero digno. Su cabello oscuro estaba arreglado en un moño, y su rostro era muy agradable y cariñoso. Toda su conducta irradiaba una delicadeza exquisita que recordaba la inocencia de un niño. Por alguna extraña razón, ninguno de los dos dijo una palabra; solo la miramos. Luego, cuando se sintió cómoda con nuestra atención, habló.

—¿Es usted el Padre Jack? —preguntó en voz baja, con una voz que comunicaba ternura y compasión.

—Sí —fue todo lo que respondí.

—Esto es para ti —dijo en el mismo tono dulce, mientras extendía su mano y me presentaba un solo sobre blanco.

Me levanté de mi silla y di dos pasos en su dirección para poder recibir el sobre. Tan pronto como tuve el sobre en la mano, me di cuenta de inmediato, por su grosor y peso, que era dinero. Me quedé más o menos sin palabras en ese momento, pero de alguna manera logré decir:

—¿Quién... quién... a quién agradezco por esto?

Ella no dijo una palabra. Todo lo que hizo fue sonreír gentilmente y señalar al cielo. Luego se volvió tranquilamente y se alejó. Me di la vuelta y miré a Sandra. Ella me estaba mirando y tenía la apariencia de alguien que estaba congelado en el tiempo... o que estaba en un estado de animación suspendida. Ambos estábamos en estado de shock. Regresé a mi escritorio y miré de nuevo a Sandra, solo para asegurarme de que no se había desmayado, y porque quería que fuera testigo ocular de la apertura de este sobre tan misterioso.

Lo que sea que haya en el sobre, y supuse que era dinero, basándome en la forma rectangular del bulto de una pulgada de grosor, era bastante misterioso. Pero aún más misteriosa fue la respuesta a la gran pregunta... ¿quién nos la envió?

—¿Estás lista, Sandra? —le pregunté— Voy a abrirlo ahora.—

—Listo... Padre.

Abrí el sobre y saqué con cuidado una gran pila de billetes... pesos de denominaciones altas. Me quedé atónito y no pude hacer otra cosa que maravillarme interiormente de lo que estaba sucediendo en ese momento en la diminuta oficina de nuestra humilde parroquia. Inmediatamente le entregué el fajo de dinero a Sandra.

—Toma, Sandra... cuenta esto, por favor.

Creo que Sandra había dejado de respirar desde el momento en que vimos a la hermosa mujer parada en la puerta porque tomó el montón de billetes de mi mano, lo colocó con cuidado en su escritorio como si fuera una especie de sacramental, luego tomó un largo, Respiro profundo y, después de mirarme con una mirada infantil de asombro en sus ojos... comenzó a contar.

—*¡Veinticinco mil pesos!* —exclamó Sandra— Aquí, Padre... ahora cuenta.—

—Veinticinco mil pesos, Sandra —declaré después de mi cálculo— Excelente, Sandra... ¡Buen trabajo! Entonces, Sandra; que acaba de pasar aqui ¿Acaso una mujer misteriosa apareció en la puerta, me dio veinticinco mil pesos y, en esencia, desapareció? ¡O los dos estamos simplemente imaginando cosas!

—¡Es increíble, Padre! Dijiste que sucederían cosas maravillosas; ¡bueno, uno acaba de hacerlo!

—Sandra... ¿quién era esa mujer? ¿La conoces? ¿La has visto antes hoy?

—No la conozco, Padre, y nunca la había visto antes.

—¡Es por eso que todo esto es tan asombroso!

—Pero Sandra... cómo es posible que no la conozcas; ¡conoces a casi todos en esta ciudad!

—Sí, es cierto, Padre... He vivido aquí toda mi vida y mi familia ha estado aquí por muchas generaciones. Los residentes como yo, que tenemos raíces históricas en la ciudad, conocemos a cada persona de la clase educada y culta de la ciudad porque trabajamos para ellos. Y según la forma en que esa mujer hablaba y vestía, ella es de esa clase. Y sin embargo... ¡no tengo ni idea de quién es! Le puedo asegurar, Padre... ella no es de San Isidro.

—Bueno, entonces... ¿quién es ella y de dónde es? ¿Cómo podemos recibir veinticinco mil pesos de alguien... y no agradecerles?

—Padre... ¿no recuerda lo que hizo cuando le preguntó a ella a quién agradecemos? ¡Ella señaló al cielo!

—Sí, lo recuerdo; pero esa es solo una forma de decir que el donante quiere permanecer en el anonimato.

—Posiblemente... pero no necesariamente, Padre. Personalmente, Padre, le creo... ¡y le creo a ella! Les tomo la palabra a los dos. Sentí una paz muy profunda y sobrenatural en su presencia. Piense por un momento; ¿no sentiste también algo hermoso? Creo que fue enviada del cielo.

—Tienes razón, Sandra; sin duda, sentí algo etéreo cuando ella estuvo aquí en nuestra presencia. Entonces, estoy completamente abierto a la misma conclusión asombrosa a la que has llegado. Pero antes de adoptar una resolución sobrenatural del misterio de quién es ella y de dónde vino, tenemos que tratar de eliminar todas las posibles explicaciones naturales de lo que acabamos de experimentar.

—Estoy de acuerdo, Padre. Pero conociendo estas partes como las conozco, ya hice ese ejercicio de proceso de eliminación en mi cabeza; y ya estoy convencido de que lo que acaba de pasar aquí no sucedió en un plano natural.

—Está bien... pero para estar seguros, Sandra, contemplemos esta pregunta: ¿podría esa mujer haber sido una mensajera de un narcotraficante local?

—No, Padre... ¡ni en un millón de años!

—¿Por qué dices eso con tanta certeza, Sandra? Por favor, explícame... ¡Soy nuevo por aquí! Explícame tu pensamiento; Soy el 'chico nuevo de la cuadra'.

—En primer lugar, Padre, todos aquí en San Isidro saben quiénes son los *traficantes*; gente que conozco ha trabajado para ellos como empleados domésticos, jardineros o en los diversos negocios que poseen en la ciudad. Nuestros hijos van a la escuela con sus hijos. Sabemos cómo viven, sabemos con quién se asocian y sabemos quién trabaja para ellos. La probabilidad de que alguien, especialmente una mujer de la dignidad y calidad de nuestro visitante especial, trabaje para un narcotraficante es completamente inconcebible; nunca sucedería.

—En segundo lugar: en general, los capos de la droga no se sienten cómodos con mujeres como la mujer que acabamos de conocer. Prefieren a alguien más de su "velocidad", es decir, alguien sin moral ni espiritualidad... alguien con antecedentes penales o alguien que realmente usa drogas. He visto mujeres cercanas a los traficantes y nunca se visten con modestia ni se portan bien.

Además, un traficante nunca encomendaría una misión, como la que tenía nuestro visitante a una mujer; tendrían miedo de que se escapara con los veinticinco mil pesos y luego, él tendría que perseguirla y castigarla, hacer de ella un ejemplo, y tal vez incluso matarla; esa mujer puede tener hijos y eso nunca le cae bien al público ni a la policía. Un hombre sería el emisario elegido.

Y, por último: cuando los capos de la droga hacen una donación a una causa en particular, está totalmente calculado; nunca es del corazón, siempre hay una agenda; una razón detrás de esto. Entonces, ¿qué es lo que motiva su 'filantropía'? ¡Relaciones públicas! Siempre están tratando de salvaguardar o mejorar su imagen pública con la esperanza de dificultar a las autoridades acusarlos de cualquier tipo de actividad delictiva. Por lo tanto, si este obsequio de veinticinco mil pesos fue entregado por un traficante, el mensajero le habría dado el nombre de su jefe y le habría pedido quc por favor haga un anuncio público sobre el obsequio.

Así es como operan: no hacen nada al azar. Saben que las autoridades los vigilan y tienen innumerables enemigos. Entonces, se mueven con precaución y piensan en cada movimiento que hacen, como una criatura que está siendo cazada. Entonces, espero que pueda ver ahora, Padre; no hay forma de que el dinero provenga de un narcotraficante; estoy completamente convencido de eso.—

—Muchas gracias, Sandra; que intrigante explicación que dio para apoyar su posición con respecto a nuestro misterioso donante. Estoy de acuerdo... ahora podemos descartar la teoría de que la donación pudo haber sido enviada por un narcotraficante. Pero para finalmente poner fin a esta inusual 'investigación', veamos una última posibilidad. ¿Es posible que una familia católica adinerada de una ciudad cercana enviara la donación, pero quisiera permanecer en el anonimato precisamente porque no eran de San Isidro y la donación casi con seguridad ofendería a los católicos pobres, así como a los pastores, en su ¿propia ciudad?—

—Buen intento, Padre, pero realmente es hora de que lo dejes. En respuesta a esto, su consulta final: no... no es concebible que alguien de otra ciudad haya enviado la donación. De hecho, preferiría creer que todo no fue más que una "alucinación grupal", que creer que el regalo fue de un alma generosa en otra ciudad. Este es el por qué.

Si una persona rica y generosa de una ciudad cercana hiciera una donación de este tamaño, nunca la haría en efectivo. Sería en forma de cheque para que pudieran reclamarlo en su informe fiscal. No es extraño que un mexicano hiciera una donación anónima a la Iglesia. Pero el deseo de anonimato no requeriría que el pastor que recibe el regalo también se quede "en la oscuridad". El pastor simplemente recibiría instrucciones de no revelar el nombre del donante al público.

Pero quizás el argumento más fuerte en contra de su teoría del 'donante distante' es que, como usted sabe y ha observado, la pobreza aquí en México es extrema y está en todas partes. Entonces, esta persona hipotética en otra ciudad estaría fuertemente inclinada a abordar las serias necesidades evidentes en su propia puerta, por así decirlo, en lugar de en algún lugar con el que no tengan nada que ver. Además, lo más probable es que su pensamiento sea en esta línea: Hay gente adinerada en San Isidro que se encarguen de la nueva parroquia para los pobres de su ciudad. Conozco a mis compatriotas, Padre, y así piensan.

Entonces, como ve, Padre... ¡el único que encaja en el perfil es Dios! Y no insistió en el anonimato; le preguntaste a la señora a quién debías agradecer y ella te dijo, ¡Dios! Además, Dios no estaba dispuesto a dar su donación en forma de cheque. ¿De qué cuenta sacaría el cheque? ¡Intente explicarle eso al gerente del banco! No tendría que dar la donación en efectivo... ¡y ciertamente no estaría preocupado por una cancelación de impuestos!—

—Ok, lo entiendo; bien hecho, Sandra... bien hecho. Entonces, ¿dónde nos deja esto? Aquí, a mi modo de ver, es donde nos encontramos: habiendo considerado las posibles soluciones a la pregunta de este misterioso mensajero y la enorme donación, y habiendo encontrado que las soluciones naturales son altamente improbables, y habiendo observado que la respuesta sobrenatural a la pregunta parece ser el que tiene más apoyo de la evidencia disponible, nos queda concluir que, aunque nunca podremos probarlo; todo fue un milagro de algún tipo e incluso si la mujer era en realidad un ser humano de carne y hueso, hay poca diferencia... ¡la donación todavía era claramente providencial!—

CAPÍTULO CATORCE

La parroquia estaba creciendo y las cosas realmente estaban empezando a encajar. La misteriosa donante entró en escena en un momento crítico cuando nuestras finanzas estaban a punto de agotarse. Nos visitó dos veces más, a intervalos de tres meses, cada vez con la misma donación; y gracias a su ayuda, sobrevivimos al período más desafiante económicamente de la fundación de la nueva misión.

La supervivencia es fundamental. Pero sin desarrollo, la supervivencia casi no tiene sentido. La parroquia tenía un Programa de Educación Religiosa con una matrícula de aproximadamente seiscientos niños. Y este número aumentaba constantemente debido a la creciente popularidad de la parroquia. Tuvimos los niños; lo que nos faltaba era una oficina para el Director y salones de clases donde los estudiantes pudieran reunirse con seguridad con sus maestros.

La forma en que se estaba manejando la instrucción cuando llegamos era que los maestros elegirían una calle tranquila y sin salida en su barrio (vecindario), y se encontrarían con los niños en la calle, sentados en el camino de tierra. Si tenían suerte, habría un árbol cerca que podría proporcionar un poco de protección contra el sol abrasador del desierto, con su efecto drenante tanto en la mente como en el cuerpo. Si hacía frío, llovía o incluso hacía viento, las clases se cancelarían.

Este enfoque 'de base', aunque loable por su simplicidad, así como el sacrificio involucrado, no proporcionó una formación efectiva en la fe. No había libros sin sillas, sin escritorios, sin pizarra, sin papel, sin lápices, sin escritura, sin lectura y sin un plan de estudios coherente y organizado. Los maestros usaban los libros religiosos que tenían en casa y les leían porciones a los niños. La mayoría de los maestros tenían un viejo libro familiar de historias bíblicas, con hermosas imágenes en colores. Leían uno de los cuentos a los niños y luego pasaban el libro para que los niños pudieran maravillarse con los coloridos dibujos. Por muy bueno que haya sido esto y tenía sus méritos, sabía que podíamos hacerlo mejor. Y como ahora éramos una parroquia, teníamos que hacerlo mejor.

Construir un pequeño *Centro para la Educación en la Fe*, por lo tanto, fue el siguiente orden del día. Con un poco de "capital de esfuerzo" de ciertos feligreses capaces, así como algunas donaciones de materiales de construcción de proveedores locales, la cantidad que el proyecto realmente costaría podría reducirse considerablemente. Nos reunimos con el Consejo Parroquial, discutimos algunos temas, analizamos algunos números y llegamos a la conclusión de que, con la ayuda de nuestra primera recaudación de fondos parroquial anual, la fiesta de la Fiesta de Nuestra Señora de Guadalupe, deberíamos tener fondos más que suficientes para que la construcción del Centro tenga un muy buen comienzo.

La costumbre en México es que cada parroquia tiene su fiesta anual y su recaudación de fondos el día de la fiesta patronal de la parroquia. En otras palabras, si el nombre de la parroquia es San Francisco de Asís; la fiesta sería el cuatro de octubre. Por supuesto, todos entendimos que había un pequeño riesgo involucrado ya que no había garantía de que la fiesta fuera un éxito. ¿Y si llovía el día de la fiesta? Decidimos que, para ser prudentes, no seguiríamos con el proyecto hasta que viéramos los resultados de la fiesta. Pero lo que podíamos hacer, mientras seguíamos haciendo planes para el Centro, planes que probablemente se pondrían en práctica en algún momento propicio en el futuro, podríamos comenzar a hacer planes para la gran fiesta que estaba programada para tendrá lugar el 12 de diciembre.

Cuando comenzamos a discutir la Fiesta, quién traería qué, quién se encargaría del entretenimiento, qué grupos parroquiales proporcionarían el montaje, y preguntas similares, algo pasó a primer plano que encontré muy confuso. Tenía que ver con los mariachis. Una parte central de la Fiesta de Guadalupe es la Misa de la tarde. Y una parte central de la Misa de la tarde es la Gran Final, donde, en lugar de un Himno de Recesión mientras el sacerdote sale de la Iglesia, todas las luces se apagan en el ¡Entran la iglesia y los mariachis con estruendo de trompetas!

—¿Existe un grupo de mariachis en funcionamiento en nuestra parroquia? —pregunté.

—No, no dentro de nuestra parroquia, Padre —respondió Elsa, el Sacristán. Pero hay dos grupos en la ciudad de San Isidro. —¡Excelente! ¿Crees que podríamos conseguir que vengan aquí para cantar Las Mañanitas en nuestra misa vespertina?—

—Sí, Padre, pero cuanto antes lo arreglemos con ellos, mejor; es un día muy ajetreado para ellos.

—Está bien, entonces, vayamos directo a eso; Sandra, tal vez puedas contactarlos inmediatamente después de esta reunión.

—Si, Padre —respondió Sandra. Padre... es posible que quieran una parte de su tarifa por adelantado; ¿estás bien con eso?

—¡Vaya! ¡Espera un segundo! —exclamé— Sandra... ¿estás diciendo que los mariachis nos cobrarán una tarifa por actuar en nuestra misa de fiesta?

—Si, Padre. Y suele ser muy alto porque hay una gran demanda ese día. Por lo general, irán con el mejor postor.

—¡Esto es completamente increíble! —dije. Tenía la impresión de que los mariachis estaban dedicados a *la Reina de México*, Nuestra Señora de Guadalupe, y por lo tanto tocarían gratis el día de su fiesta.

—No, Padre —dijo Elsa,— es todo lo contrario; cobran más de lo normal.

—En este punto, ¡casi tengo miedo de preguntar! —dije, nervioso— Sandra... cuéntame; qué crees que nos van a cobrar.

—Su tarifa estará entre quinientos y mil dólares americanos —dijo Sandra, sin pestañear... como si esto fuera perfectamente normal y aceptable,— Sandra... por favor; ¿Esto es una broma verdad? Dime que estás bromeando—

—No estoy bromeando, Padre. Y, considerando que usted es estadounidense... la tarifa será casi seguro de $1,000 dólares.

—Cuando uno considera todas las funciones parroquiales: bodas, funerales, Quinceañeras y fiestas de todo tipo patrocinadas por la Iglesia, todas las cuales generalmente contratan mariachis, uno pensaría que, en este día especial del año, en un espíritu de gratitud, los mariachis le daban una serenata a su santa Madre ¡gratis! —exclamé.

—Recuerde, Padre, ¡se presentarán ante su imagen y tocaran durante casi una hora! —dijo Sandra, en defensa de los mariachis.

—¡También deberían hacerlo! Sin ella y la Iglesia... ¿dónde estarían?

—De pie durante horas en la línea de desempleo, sin duda —respondió Sandra.

—Gracias, Sandra… ¡ese es precisamente mi punto! Son demasiado caras para nosotros. Tendré que pensar un poco en esto... así como una oración seria —dije con un tono de voz exasperado.

—Padre —comenzó Elsa— mientras reflexiona sobre esto, tenga en cuenta que, de alguna manera, tiene que contratarlos para la Misa de la fiesta. Sin ellos, en el corazón y la mente de la gente, toda la fiesta sería considerada un fracaso. Y aunque detesto decirlo, como miembro del Consejo Parroquial es mi deber asesorarlo sobre todo lo local, debo decir que sus feligreses también lo verían como un fracasado y probablemente interpretarían su omisión como solo otro insulto de un visitante estadounidense típico que es insensible a las tradiciones culturales mexicanas. Seguro que sería... un desastre de relaciones públicas insuperable para usted, Padre. Recuerda... eres nuevo; la gente todavía no te conoce bien y te están observando muy de cerca.

—Gracias, Elsa. Realmente aprecio todo lo que acaba de expresar. Este es el propósito de un consejo parroquial... ayudar al pastor a comprender y servir al rebaño. Mantendré todos estos puntos en mente mientras trato de resolver este problema con respecto a los mariachis y su escandalosa tarifa... ¡que raya en la extorsión! ¿Por qué no nos reunimos aquí en la rectoría mañana a las 7:30 pm para la cena? Nuestro cocinero de la rectoría preparará *caldo de res* (estofado de carne mexicana) para todos nosotros. Necesitamos resolver esta cuestión central y delicada antes de poder seguir adelante con el resto de la planificación.

No es fácil fundar una parroquia. Uno siente la carga de poner en práctica políticas que bien pueden definir la parroquia durante muchos años por venir. El misionero transcultural tiene que recordar que no *es* su parroquia. Desde una perspectiva legal, la parroquia pertenece al Obispo (en este caso, el Arzobispo). Pero desde un punto de vista existencial, la parroquia pertenece al pueblo. Por lo tanto, el misionero debe tener cuidado de no crear una parroquia que le convenga como estadounidense. Tiene que ser agradable para el pueblo mexicano que estará allí mucho después de que el misionero estadounidense haya regresado a su lugar de origen.

Pero con respecto a la *"Crisis del Mariachi"* tendría que tener especial cuidado ya que el cariño que el pueblo mexicano tiene por su Madre, su Reina, es muy profundo; y su importancia en sus corazones es casi incalculable. Pero había que hacer algo; no podíamos pagar tanto a los mariachis como al Centro de Educación Religiosa para los niños. Si eliminaba a los mariachis, eso posiblemente podría significar el fin de la parroquia, o al menos el fin de mi efectividad como misionero en la parroquia. ¿Cuál podría ser la solución a este problema?

¿Hubo una solución a este problema? Tal vez no. Tal vez

simplemente tendría que pagarles a los mariachis su exorbitante tarifa y despedirme de la formación en la fe de la próxima generación de feligreses.

Esa noche, solo para tomar un poco de aire fresco y aclarar mi mente antes de intentar abordar este *"nudo gordiano"*. Di un paseo por la propiedad de la Iglesia, que era bastante extensa ya que éramos dueños de una cuadra entera. En un momento de mi refrescante paseo nocturno, me encontré con nuestra estatua al aire libre de Nuestra Señora de Guadalupe, que se encuentra sobre un montículo de dos metros de altura, de grandes y hermosas rocas, cada una del tamaño de una pelota de baloncesto. Se supone que la pequeña *colina* de piedra representa al Tepeyac, la colina donde Juan Diego vio y conversó con *la Virgencita.*

Hacia la base del montículo de piedra hay una estatua de Juan Diego arrodillado mientras mira a su Madre escuchando sus hermosas palabras de aliento y consuelo. Sabía intuitivamente que si iba a resolver el problema particular al que me enfrentaba no podía hacer menos. Inmediatamente me arrodillé, imitando a Juan Diego, y sentí cierta identificación con el santo indígena. Mientras miraba a nuestra Madre, pidiéndole ayuda desde lo más profundo de mi corazón, sentí como si estuviera diciendo:

"Mira a mi pequeño Juan Diego. ¿Crees que no me complació su sincera y humilde devoción hacia mí simplemente porque era un indígena y los conquistadores españoles lo consideraban poco importante? No, en absoluto; de hecho... ¡fue todo lo contrario! Lo elegí porque era considerado insignificante: "Derribó a los poderosos de sus tronos y enalteció a los humildes". (Lucas 1:52)."

—¡Eso es! ¡Tengo mi respuesta! ¡Gracias! —pensé con gran excitación interior. Me levanté de mi posición de rodillas sintiéndome como Alejandro Magno después de haber cortado el nudo gordiano en

Frigia y sintiendo que, así como el antiguo oráculo predijo que quienquiera que deshiciera el nudo pasaría a gobernar toda Asia (lo que, posteriormente, hizo Alejandro), la solución recién descubierta a nuestro predicamento pondría a la parroquia en un curso imparable de paz y desarrollo estable.

—Bienvenidos a todos... ¡gracias por venir! Espero que disfruten del caldo de res... ¡y de las tortillas de maíz recién hechas y calientes! —dije alegremente, después de haber sentado a los ocho miembros del Consejo Parroquial y guiarlos en una breve oración.

—¡Buen Provecho!—

—Padre... pareces muy alegre —declaró Sandra.— Esperaba encontrarte agotado... como Jacob después de luchar con el ángel... de luchar con el dilema que todos estamos aquí para discutir. Pero en cambio, pareces tan fresco como una lechuga. Aparentemente, sobreviviste al conflicto... al igual que Jacob. ¿Deberíamos, por lo tanto, como sucedió con Jacob, a quien debido a que sobrevivió a la lucha se le cambió el nombre, Israel, darle un nuevo nombre?

—Lo crea o no, Sandra, eso podría ser apropiado; ¡Me siento como una nueva creación! No hubo lucha anoche... ¡Dormí como un cadáver! Lo que experimenté ayer por la noche fue pura gracia. Pero si desea darme un nombre nuevo, permítame ser el primero en sugerir un candidato apropiado. Basado en la experiencia de anoche, creo que un nuevo nombre apropiado para mí sería... *¡Juan Diego!*

—Padre —comenzó Jesusita, el DRE (Director de Educación Religiosa)— por favor, no nos dejes más en suspenso; ¡cuéntanos qué pasó anoche!—

CAPÍTULO QUINCE

—Como saben —comencé— cuando dejé nuestra reunión de ayer, mi intención era pasar la noche... toda la noche, si es necesario, reflexionando sobre nuestra llamada, 'Crisis del Mariachi', esperando, por lo tanto, para descubrir una solución. Lo que realmente sucedió, sin embargo, fue que, ¡la solución me descubrió!

—¡Qué cosa! ¡Qué asombroso! Díganos, Padre... ¡no podemos esperar! ¿Cuál es la solución? —exclamó Jesusita con emoción— Está bien... déjame explicarte. Pero como ante la experiencia que tuve anoche, tendrá que mantener la mente abierta. Al compartir esta solución con ustedes, tengan en cuenta todo lo que ya hemos experimentado aquí en nuestra nueva parroquia; cómo la parroquia pertenece realmente a nuestra Madre y cómo, si le damos la oportunidad, ella nos guiará.

—Si, Padre —dijo Eduardo, el jardinero. Usted nos dijo desde el principio que, si creíamos, veríamos maravillas. ¡Y de hecho los hemos visto! Entonces, ¿qué nueva maravilla está a punto de desplegarse ante nosotros? ¿Tuviste otro encuentro con la misteriosa benefactora anoche? —No, Eduardo —le dije— No lo hice. Y no estoy seguro de si mi experiencia de anoche podría clasificarse como un "encuentro". Creo que me sentiría más cómodo refiriéndome a él como una "inspiración". A medida que avanzaba la noche y se desarrollaba la noche tranquila y pacífica, fui a dar un paseo por los terrenos de la iglesia con la esperanza de relajarme y respirar profundamente el aire fresco que descendía de las hermosas colinas que rodean nuestra propiedad.

Llegué a la escena al aire libre de la aparición de Nuestra Señora de Guadalupe y me detuve para admirarla. Aquí es donde se vuelve un poco difícil explicar, con palabras, lo que realmente sucedió. Mientras estaba cerca de Juan Diego y admiraba a la *Virgencita*, como imaginaba que estaba haciendo, sentí como si nuestra Madre me estuviera diciendo cuánto amaba a Juan Diego y cómo, por lo menos durante los primeros veinte años, fueron los indígenas quienes la cantaron en el original y humilde santuario construido por el obispo Juan de Zumárraga. Una vez terminada, el obispo Zumárraga le mostró la sencilla capilla de adobe a Juan Diego y le preguntó si la aprobaba. Se dice que Juan Diego respondió que la capilla era preciosa, pero faltaba algo. Explicó al obispo que habría que añadir a la capilla un cuartito donde pudiera vivir porque en ningún caso podía dejar la imagen, la presencia de la *Virgencita*; después de todo, ¡era *su* tilma! San Juan Diego vivió en esta pequeña habitación hasta su muerte diecisiete años después (1548). Cuenta la tradición que, desde el amanecer hasta el atardecer, Juan Diego asistió y evangelizó a los innumerables peregrinos que llegaban al Tepeyac.

Necesitamos recordar, amigos míos, que toda la tradición de los mariachis, vistiendo su distintivo atuendo charro, ni siquiera comenzó hasta fines del siglo XIX en Jalisco, México. Entonces, algún tiempo después de eso, surgió la práctica de tener la serenata de mariachis de Nuestra Señora de Guadalupe. Por lo tanto, la tradición más temprana y original fue la de los propios nativos que serenaban a nuestra Madre... quizás incluso a diario, ya que su fiesta y misa del 12 de diciembre no fueron aprobadas hasta 1754, por el Papa Benedicto XIV, pero la aparición real tuvo lugar en 1531.

La tradición del mariachi, entonces, tiene alrededor de cien años. Pero la tradición nativa original se remonta a casi quinientos años. Creo que nuestra Madre nos está guiando para volver a visitar y reanimar esa tradición más antigua, cuando Juan Diego estaba vivo y servía en la pequeña capilla de adobe como residente.

Nuestro DRE y Curador, tenía la sensación de que la Virgen estaba diciendo: "Si Juan Diego fue lo suficientemente bueno para mí, ¿por qué no es lo suficientemente bueno para ti?"

—Aquí está el plan: no necesitamos a los mariachis, vamos a hacer algo mejor; algo nuevo, pero algo viejo. Reviviremos la tradición antigua y perdida. Formaremos nuestro propio grupo de cantantes y músicos, y los haremos vestir con el atuendo tradicional indígena de ese período, con huaraches, tilmas y sombreros hechos a mano. ¡Se parecerán a Juan Diego! ¿Cómo no agradaría eso a La Virgencita? ¿No preferiría que sus pequeños le dieran una serenata cantando desde el corazón gratis? en lugar de por "mercenarios" cantando por una tarifa exorbitante... ¡que es realmente una forma de aumento de precios!

Tenemos tres grupos de música en nuestra parroquia: el coro de niños, el coro de adolescentes y el coro de adultos. Podemos elegir cuatro cantantes de cada coro y dos músicos de cada coro. Eso nos dará una compañía de una docena de vocalistas y seis músicos, más que suficiente para dirigir una iglesia llena de canciones. Le pediré a Luis, el líder del coro de adultos y profesor de música en la escuela secundaria, que establezca y prepare el grupo para esta actuación histórica. En algún momento de esta semana, iré al mercado central de Juárez para buscar y comprar los dieciocho conjuntos que necesitaremos. OK... ahora has escuchado mi solución a nuestra "Crisis del Mariachi"; dime que piensan.

—Padre —comenzó Sandra,— creo que hablo en nombre del grupo cuando digo que me gusta su idea. Además, creo que a La Virgencita le agradaría tu idea. Pero tengo la firme convicción de que los feligreses no estarán contentos con nada más que con lo que están acostumbrados, los mariachis. Es una movida *muy* arriesgada, Padre; muy arriesgada. ¡Creo que es demasiado arriesgado! Contrataría a los mariachis sin importar el costo.

—Gracias Sandra —le dije,— pero esto es lo que no entiendo: si te gusta la idea y crees que le gusta a la Virgencita la idea... ¿por qué sientes que a los feligreses no les gustará?

—Porque, Padre —respondió Sandra— lo conocemos mucho mejor que el feligrés promedio. Y conocemos y hemos experimentado la bondad de tu corazón. Sospecho que la mayoría de las personas, al no conocerlo como nosotros, interpretará su decisión de una manera muy negativa. ¡Padre, es muy arriesgado!

—¿Es más arriesgado que lo que hizo Juan Diego cuando siguió la dirección de la Virgen y fue a ver al obispo franciscano de México-Tenochtitlan (Ciudad de México), Juan de Zumárraga, ¿para comunicarle el mensaje de nuestra Madre? —pregunté.— Recuerde cómo era el ambiente cultural y religioso en México en ese momento. La Inquisición estaba en vigor en España y había llegado a Nueva España (México). Los colonos españoles, así como los misioneros, veían a los indígenas, por sus creencias nativas, como predispuestos a caer en la superstición. Los franciscanos en particular estaban muy incómodos con algunas de las devociones cuestionables que estaban surgiendo entre los nuevos conversos nativos.

—Juan Diego no era un simplón; hubiera sabido el gran riesgo que corría al acudir al obispo Zumárraga con esta increíble historia que él mismo encontraba algo difícil de entender. Fácilmente podría haber perdido su posición en la comunidad católica y convertirse en el hazmerreír de toda la región. Y si persistió en promulgar este 'engaño', pudo haber terminado como Don Carlos Ometochtzin, un noble indígena a quien el obispo Zumárraga había quemado en la hoguera en 1539 por haber vuelto a las creencias y prácticas prehispánicas.

Pero Juan Diego estaba más motivado por el amor que por el miedo. Para él, el mayor riesgo era no compartir las 'buenas nuevas' del plan de Nuestra Señora. Pasemos ahora y reflexionemos sobre nosotros mismos por un momento. ¿No es nuestro papel en esta nueva parroquia algo similar? al papel de Juan Diego en el Tepeyac? Sé que siento cierta solidaridad con él en cuanto a ser llamada a dar testimonio del amor que Nuestra Señora de Guadalupe desea compartir con sus hijos. Creo que debemos reconocer en este punto que el santo Juan Diego también nos está ayudando mientras trabajamos para establecer una parroquia que nuestra Madre se complacerá en llamar suya.

Por eso, permítanme proponer que sigamos el hermoso ejemplo del copatrocinador de nuestra parroquia, Juan Diego, y avancemos con este plan para revivir la venerable tradición en la que los humildes, nativos de esta tierra, desde lo más profundo de sus corazones... ¡cantan libremente a su Madre con canciones de amor!

Los miembros del consejo parroquial sonrieron, se miraron... ¡y entonces todos nos echamos a reír!

—Padre —dijo Eduardo,— ¿quién hubiera imaginado que fundar una parroquia podría ser tan divertido... una aventura tan asombrosa?

—Como puede ver, Padre —agregó Sandra,— estamos todos de acuerdo; ¿cómo no imitar los mexicanos la actitud de confianza de Juan Diego? ¡Esta fiesta será una experiencia fascinante, Padre! ¡La gente quedará fascinada y profundamente conmovida por esta maravillosa innovación!

—Estoy seguro, Sandra —exclamé,— lo que no estoy seguro es... ¿de dónde viene esta certeza? No lo sé. Pero sin embargo... ¡estoy seguro! Ya le he dado un nombre a nuestra compañía. Los presentaré, en broma, como recién llegados de la *Capital* (Ciudad de México); y luego... '¡Por favor, bienvenido, *El Grupo Folklórico de Tepeyac*!' Será imposible que la gente no se conmueva al ver a sus propios vecinos, amigos y niños vestidos como Juan Diego, colocados frente al santuario, y serenatas de sus corazones... *¡La Reina de México!*

—Padre —comenzó Elsa,— para interpretar correctamente Las Mañanitas al final de la misa de la fiesta, se necesitan ciertos instrumentos musicales, junto con músicos que puedan tocarlos. Entre los tres coros, tenemos todo lo que necesitamos; excepto por una cosa: un violinista.

—No te preocupes, Elsa; si Dios no tuvo ninguna dificultad en enviar a nuestra Madre al Tepeyac, ¡estoy seguro de que podrá manejar el envío de un violinista!—

CAPÍTULO DIECISÉIS

—Oye, Padre Jack... —gritó Brian desde el pie de la escalera.

—Sí, Brian... ¿qué está pasando? —respondí.

—Luis está aquí; quiere hablar contigo. Dijo que tiene buenas noticias y malas noticias.

—¡Así es la vida, verdad Brian! Me reuniré con él en el comedor en un minuto. Gracias, Brian.

—¿Ya desayunaste, Luis? —le pregunté. —No, Padre.—

—La cocinera está haciendo unos tacos de desayuno... ¿por qué no me acompañas?

—Si, Padre... ¡Gracias!

—Entonces, Luis... Brian dijo que tienes buenas y malas noticias. Escuchemos las buenas noticias.

—Bueno, Padre. Estas son las buenas noticias: ¡Faltan sólo dos semanas para la fiesta y finalmente he encontrado un violinista! Su nombre es Hilario.

—¡Eso es fantástico, Luis! ¡Maravilloso! —dije alegremente. —Y... ¿las malas noticias?—

—La mala noticia es que el violinista es un paciente en un hogar de ancianos.

— Bueno, eso no está tan mal, Luis. Siempre que pueda asistir a la fiesta y jugar.

—Asistir a la fiesta no es problema, Padre. El problema consiste en la razón *por* la que está en un hogar de ancianos en primer lugar; sólo tiene sesenta años.

—No estoy seguro de estar siguiéndote, Luis. Todavía no veo las malas noticias.

—La mala noticia, Padre, es... el hombre es alcohólico. Probablemente estará borracho sin piernas el día de la fiesta y no podrá pararse, ¡no importa tocar el violín! ¿No sé qué hacer? Si aparece borracho, sería un escándalo terrible.

—Eso es bastante cierto, Luis. Pero su madre lo necesita... dígale que ¡Lo necesitamos! Adelante... reclútalo. Vamos por el 'paquete completo' en este punto, Luis... no hay vuelta atrás. Tenemos que confiar en que el Espíritu te llevó a él. ¿Ya has ido a verlo? ¿Has hablado con él?

—Sí, acabo de llegar del asilo de ancianos

—¿Y mencionaste la fiesta?

—Sí, lo hice.

—¿Y cómo respondió?

—¡Él estaba muy emocionado! Le dije que podríamos necesitar su ayuda, y se sentó con la espalda recta, desplegó una enorme sonrisa y dijo una palabra: *¡Presto!*— Las enfermeras me dijeron que siempre que tiene suficiente dinero, se escapa y regresa completamente intoxicado. Es muy flaco, Padre. Parece que podría caer muerto en cualquier momento.

—Reclútalo... ¡es nuestro hombre! Ha sido seleccionado a mano... ¡elegido! Estará bien en la fiesta. Mira su hermosa respuesta cuando le hablaste de la fiesta; es un verdadero mexicano... ¡un auténtico hijo de Nuestra Señora de Guadalupe! Vuelve ahora mismo a la residencia de ancianos, Luis, y dile que está "contratado". Además, Luis, me preocupa este buen hombre. Habla con él y trata de averiguar qué tipo de comida le gusta realmente, y empezaremos a conseguirle. De hecho, toma estos tacos de desayuno que nos sobraron. Llámame esta noche y mañana iré a visitar a Hilario con su comida favorita.

—Jack —dijo Brian, mientras estaba de pie en la entrada del comedor— Sandra está aquí para verte. Ella dice que es muy, *muy* importante.—

—Gracias, Brian… por favor haz que pase. Gracias, Luis… ve con los ángeles. Recuerde decirle a Hilario que lo visitaré mañana.

—Bienvenida, Sandra; por favor, ponte cómoda.

—¿Puedo prepararte una taza de café?

—Si, Padre... gracias. Padre, tenemos un problema... ¡un GRAN problema!

—Bueno... ¡qué más hay de nuevo! Deberías haber estado aquí hace dos minutos. Luis me acaba de compartir *su* gran problema; ¡casi no puedo esperar a escuchar lo que tienes!

—No sé lo que Luis compartió con usted, Padre... pero lo que voy a decirle es casi seguro que es más serio. ¿Recuerdas que te dije que tenía un amigo que era secretario de la Parroquia San Isidro?

—Sí... ella fue la persona que te contó todo sobre las tarifas que cobran allí.

—Si, Padre. Su nombre es Mariángel. Bueno, su prima es la secretaria actual, y entre los dos tengo una excelente fuente de inteligencia sobre todo lo que está pasando en la parroquia. Agárrese de su silla, Padre, aquí está el último informe de allá: Padre ¡Gómez está planeando tener su propia fiesta parroquial en la fiesta de Nuestra Señora de Guadalupe!

—Pero él no puede hacer eso... ¡ese es el día designado para nuestra *recaudación de fondos anual*! —dije en estado de shock. ¡Si tienen una fiesta en San Isidro, destruirá por completo la nuestra!

—Correcto, Padre. Por eso le dije... ¡tenemos un GRAN problema!

—Vaya, Sandra... ¡esto hace que la 'Crisis del Mariachi' parezca un punto discutible!

—¡Correcto de nuevo, Padre! —dijo Sandra con una suave sonrisa. Está bien, Sandra... mantengamos la calma y repasemos esto con cuidado. Dime exactamente lo que escuchaste.

—Por supuesto, Padre. Esto es lo que me dijo Mariángela. Padre Gómez, de manera clandestina y tramposa, lleva al menos un mes planeando la fiesta con sus esbirros más cercanos y de mayor confianza. Hoy, por medio de un cuadro de feligreses poderosos y talentosos, cuidadosamente seleccionados, hizo público la noticia de su fiesta. Inundaron las estaciones de radio y televisión con anuncios, llenaron todos los periódicos con anuncios a todo color y de página completa; han colgado hermosos avisos en cada esquina y en cada restaurante y supermercado de la ciudad y lo harán estar anunciando la fiesta en cada misa durante las próximas dos semanas, no solo en la iglesia parroquial, sino también en todas las capillas.

Padre... esto socavará completamente nuestra fiesta. Todos en la ciudad saben por experiencia que cuando el Padre Gómez hace una fiesta, será, esencialmente ¡incomparable! Ya compró los fuegos artificiales, así como muchas otras cosas caras que son el "alimento básico" de una gran fiesta. Se perfila como otro más del Padre Gómez, ¡extravagancias incomparables!

—¿Incomparable? ¡No esta vez, Sandra! Nunca se ha enfrentado a una parroquia competidora que lleva no solo el nombre, sino el patrocinio de *la Reina* misma: Nuestra Señora de Guadalupe. ¿Extravagancia? Sí, Sandra. No cabe duda de que lo que acabas de compartir conmigo es nada menos que una "sentencia de muerte" para nuestra humilde fiesta. Pero ahí radica precisamente la diferencia; la nuestra será una fiesta *humilde* y auténtica que complacerá a nuestra Reina.

—Sí, pero Padre, la gente inocente elegirá su ¡'Gran Fiesta' sobre la nuestra, ¡una humilde fiesta!

—Sin duda, Sandra, sé que lo harán. Pero Nuestra Señora, la humilde esclava del Señor... ¡elegirá la nuestra! ¡Padre Gómez está haciendo un ataque directo a nuestra parroquia! Conoce muy bien los enormes gastos que tenemos como nueva parroquia y, por tanto, lo precaria que es nuestra situación económica. Su intención, a través de esta hábil maniobra, es sacarnos del negocio... ¡y mandarme a hacer las maletas!

—Te puedo asegurar, Sandra, esta será la última vez que el Padre Gómez tratará de competir y destruir nuestra fiesta y recaudación de fondos. Recuerde de quién es esta parroquia; ¡no es mía, es de ella! Nuestra Madre protegerá el buen trabajo que ha comenzado.

—¿Pero ¿cómo puede ser esto? —cuestionó Sandra.

—¡Escucha lo que acabas de decir, Sandra! Usaste exactamente las mismas palabras que María le dijo al ángel cuando le anunció que ella sería la Madre de Dios. De la misma manera milagrosa, nuestra humilde parroquia estará protegida. No sé cómo sucederá, o qué forma tomará, ¡pero sucederá! Padre Gómez lamentará haber intentado destruir una parroquia que se estableció con el único propósito de servir a los mexicanos pobres que han sido excluidos y explotados durante generaciones, ¡una parroquia que está bajo el poderoso patrocinio de *La Reina de México!*—

CAPÍTULO DIECISIETE

—Hno. Gabriel —le pregunté. ¿Qué sabes sobre los tarahumaras?

—¿Que está pasando? ¿Por qué preguntas? —respondió el buen hermano.

—Sandra me acaba de decir que un '*corredor*' tarahumara, lo que sea que eso signifique... dejó un sobre sellado en la oficina parroquial alrededor del mediodía de hoy. El sobre, que estaba dirigido a mí personalmente, contenía una carta de uno de nuestros ejidos lejanos. Me piden que vaya lo antes posible porque tienen 10 niños listos para hacer su Primera Comunión.

—Tarahumara, Jack, significa: *Donde la noche es el día de la luna.* Son un grupo indígena originario del estado mexicano de Chihuahua. Se llaman a sí mismos rarámuri, que en su idioma significa: *corredores*, pero todos los demás los llaman: tarahumaras. Viven en su mayoría en la Sierra Madre, pero debido a que suman alrededor de 70,000, lo que los convierte en uno de los grupos más grandes de indígenas en México; los encontrarás esparcidos por toda la región. Son famosos por su habilidad única para correr largas distancias. Se sabe que cubren hasta doscientas millas en dos días, sobre un terreno muy accidentado... ¡usando como calzado elegido un simple par de huaraches hechos a mano!

—Vamos, hermano; ¡eso es simplemente imposible!

—No para esta gente, Jack. ¡Lo han estado haciendo durante cientos de años!

—Entonces, ¿este mensajero corrió desde los ejidos hasta San Isidro?

—Si. Hablé con Sandra antes y ella dijo que esa es una de las principales formas en que los ejidos se comunican entre sí, así como con San Isidro. Emplean a los corredores, que utilizan una ruta más directa que la ruta lenta y tortuosa que tendría que utilizar un vehículo y, en consecuencia... suelen llegar antes a su destino.

—¡Fascinante, hermano! Dime más.

—Los tarahumaras fueron uno de los pocos grupos indígenas que resistieron con éxito a los conquistadores españoles. Se escondieron en la Sierra Madre, en sus profundos e impenetrables cañones. Todavía están allí hoy, viviendo en cuevas y debajo de acantilados colgantes. Aunque a veces utilizan las cuevas como vivienda, no se les considera trogloditas (habitantes de las cavernas) su estilo de vida es algo nómada. Fueron a la guerra con los españoles varias veces. A veces, ganaron y a veces perdieron, pero nunca fueron completamente conquistados.

—Los jesuitas tuvieron dificultades para evangelizarlos. Un informe jesuita de 1691: *Historia de la Tercera Rebelión Tarahumara*, habla de lo resistentes que eran los tarahumaras a la obra misionera de los jesuitas. Sin embargo, hasta 1767, la época de la supresión de los jesuitas en el Imperio español, los jesuitas lograron bautizar a miles de tarahumaras. Después de esto, los franciscanos llegaron a la zona e hicieron un noble intento de recoger los pedazos, pero fue en vano, las misiones ya habían comenzado a desintegrarse.

—Gracias, hermano Gabriel, por educarme sobre los tarahumaras. Me complace mucho saber que tenemos a algunas de estas personas maravillosas en nuestros ejidos. Esperaré conocerlos y aprender más sobre su historia y tradiciones. También puedo considerar comprar un par de sus increíbles huaraches... ¡es posible que los necesitemos si nuestro camión alguna vez se descompone! Por cierto, hermano, hablando de los grupos indígenas ubicados en el área de nuestra misión, ¿alguna vez has oído hablar de la tribu Jumano?

—Sí, Jack, lo he hecho. Se encuentran principalmente en el este de Nuevo México y el oeste de Texas, en las cercanías de San Ángelo.

—Eso es, hermano. ¿Sabes algo sobre ellos?

—No, Jack; no sé nada de ellos.

—Bueno, hermano, sospecho que sabe más sobre ellos de lo que cree... de forma indirecta.

—Realmente, ¿Padre Jack? ¿Como es que?

—Déjame explicar. La tribu Jumano que acabas de mencionar en San Ángelo y sus alrededores en realidad se originó aquí, en la región desértica del estado mexicano de Chihuahua. Y por lo que me han contado, junto con algunos tarahumaras, también hay algunos miembros de la tribu Jumano que residen en nuestros ejidos.

—Está bien... ¡así que lo entiendo, Jack! Estamos en México, aquí *hay* indígenas; ¿por qué los Jumano son tan especiales? —respondió el Hno. Gabriel, en un tono algo exasperado.

—Por favor, hermano... déjame terminar; ¡estoy llegando! Este es el punto que estoy tratando de hacer: el nombre *Venerable María de Jesús de Agreda*, ¿te suena?

—Sí, por supuesto. Padre Wells la quiere y habla de ella a menudo. Es autora de una obra de cuatro volúmenes llamada: La ciudad mística de Dios.

—Esa es ella, hermano. La Ciudad Mística de Dios contiene principalmente revelaciones privadas sobre la vida de la Santísima Virgen María. ¿Conoce la historia de su bilocación desde Agreda, España, al Nuevo Mundo, específicamente, a la Nueva España?

—No, no soy.

—Bueno, hermano... ahí es donde los Jumano entran en el imagen. En 1602, María nació en una prominente familia católica en Agreda, España; la familia Coronel. Había once niños en la familia, pero siete de ellos no sobrevivieron hasta la edad adulta. Uno solo puede imaginar el sufrimiento y la angustia espiritual que experimentó toda la familia debido a este grado inusual de pérdida. Sin embargo, *"a los que aman a Dios, todas las cosas les ayudan a bien"* (Romanos 8:28), y la familia continuó creciendo en fe y devoción.

—Entre los amigos de la familia había un grupo cercano de frailes franciscanos y un obispo llamado: José Jiménez y Samaniego. El obispo José finalmente se convirtió en el biógrafo de María y relató cómo, incluso cuando era niña, María mostraba una espiritualidad avanzada. El obispo que la confirmó, Diego de Yepes, fue biógrafo y confesor final de Teresa de Ávila. También quedó impresionado con la vida espiritual de María.

—Entonces, ¿qué tiene que ver todo esto con el Jumano? —interrumpió el hermano Gabriel.

—Espera, hermano. Esta información de antecedentes será útil. Cuando María tenía doce años, decidió que quería ser monja Carmelita Descalza. Sus Padres, Catalina y Francisco, también habían estado considerando la posibilidad de unirse a una orden religiosa. Después de unos años de discernimiento, Catalina tuvo una visión que la convenció de convertir el hogar familiar en un monasterio donde ella y sus dos hijas, María y Jerónima, pudieran vivir una vida religiosa y contemplativa. Francisco y su hermano, Medel, junto con los dos hermanos de María, José y Francisco, se convirtieron en frailes franciscanos.

El nuevo monasterio fue fundado bajo los auspicios de *Las Concepcionistas Franciscanas* y atrajo un número respetable de vocaciones. Cuando María tenía veinticinco años, tras la muerte de su madre, fue elegida abadesa y siguió siendo abadesa hasta su propia muerte en 1665, tenía sesenta y tres años.

—Sí, sí, sí... ¡bla, bla, bla! ¿Y el Jumano? Había mucha gente santa en la España católica del siglo XVII. ¡Vamos, Jack, me estás matando aquí! ¡Llega al punto! —gritó el hermano Gabriel con una sonrisa en su rostro, indicando que solo estaba bromeando y que en realidad estaba disfrutando la historia.

—Está bien, hermano... ¡aquí viene lo bueno! El rey Felipe IV de España reconoció la perspicacia espiritual, la sabiduría y la inspiración de Sor María de Agreda, y durante veintidós años la adoptó como una de sus principales consejeras. Hay más de seiscientas cartas de su correspondencia que existen hasta el día de hoy. Esta relación única y privilegiada con el rey puede haber sido útil en más de un sentido. Cuando se corrió la voz sobre sus misteriosas excursiones al Nuevo Mundo, la Inquisición sospechó, pero no la procesaron de ninguna manera. Quién sabe; ¡quizás reflexionaron sobre el hecho de que podría haber un alto precio que pagar por socavar innecesariamente la credibilidad del consejero favorito del Rey! ¿Ves, hermano, cómo nuestra Madre protege a sus hijos... ¡ella va antes que nosotros!

—Sí... ya veo, Padre Jack. ¡Pero lo que *no* veo es el Jumano! ¡Y estoy empezando a tener la sensación de que nunca los veré ni los escucharé!

—Ahí es donde te equivocas, hermano. Si te concentras y escuchas atentamente, ¡prácticamente puedes escuchar el sonido rápido y pisando fuerte de los cascos del caballo de Jumano golpeando el suelo en la distancia mientras se acercan a nosotros a todo galope!

—Estoy escuchando. ¿No escucho nada?

—¡Ah-hah! Ese es mi punto. Algo los detuvo... ¡y probablemente fue la Venerable María de Agreda! Verá, hermano, en 1629, una delegación de Jumanos llegó a la misión Isleta, NM, con la solicitud de que un sacerdote regresara con ellos a su tribu porque había muchas personas que estaban listas para el bautismo. Dijeron que, durante varios años, una hermosa 'Dama de Azul' los había visitado y les había enseñado la Fe. Nunca dijeron nada de ella hasta este momento porque pensaban que había sido enviada por la misión y que, por lo tanto, los misioneros sabían todo sobre su trabajo. Finalmente, la propia Dama de Azul le dijo al Jumano que fuera a la misión y pidiera el bautismo.

El viaje de regreso al lugar donde vivían los Jumano estuvo plagado de peligros de todo tipo, entre los que destacaban las bandas de apaches merodeadores. Sin embargo, por la gracia de Dios, los misioneros llegaron sanos y salvos. Cuando los misioneros entraron al pueblo, fueron recibidos por una procesión de creyentes, algunos de los cuales sostenían en alto cruces decoradas con guirnaldas de flores. La gente les dijo que la Dama de Azul les enseñó cómo recibir a los franciscanos con una procesión, completa con cruces decoradas con flores. Después de conversar con la gente, los misioneros se sorprendieron de lo bien que la gente conocía la Fe.

El Jefe Jumano le rogó al sacerdote que usara su oficio sacerdotal y el santo crucifijo para curar a los enfermos. Se reunieron alrededor de 200 Jumano que necesitaban curación. Entonces el sacerdote, usando su crucifijo, hizo la señal de la cruz sobre ellos, mientras invocaba la intercesión de la Virgen María y San Francisco de Asís. ¡Todos los enfermos se curaron instantáneamente! En el viaje de regreso, los franciscanos fueron recibidos por representantes de otras tribus que dijeron que también tenían candidatos listos para el bautismo y que la Dama de Azul les había dicho exactamente a dónde ir y esperar para que pudieran interceptar a los misioneros.

Finalmente, los franciscanos descubrieron que la misteriosa Dama de Azul era Sor María de Jesús... la Abadesa del Monasterio Concepcionista en Agreda, España. Ella había estado bilocalizando a Nueva España y haciendo la pre-evangelización para los misioneros franciscanos que estaban abriéndose camino hacia el norte desde el centro de México. Cuando sus milagrosos esfuerzos misioneros (los esfuerzos, fíjate, de una compañera franciscana, aunque una monja contemplativa) se dieron a conocer a los franciscanos a través de una carta que ella misma escribió bajo obediencia, se sintieron más inspirados y confiados que nunca. antes y avanzó hacia los nuevos territorios de la misión a pesar de los innumerables peligros. El santo misionero, Padre Junípero Serra, era conocido por su admiración por

Sor María y se dice que nunca iría a ningún lado sin su copia de *La Ciudad Mística de Dios*. Escribió que fue Sor María quien lo inspiró a asumir el desafío de aventurarse en la región desconocida de California donde desarrolló una serie de misiones muy importantes.

Entonces, hermano, espero que ahora puedas entender por qué estoy particularmente emocionado de saber que hay algunos Jumano viviendo en nuestros ejidos. Constituirán un recordatorio constante para nosotros del hecho de que es el Dios vivo quien realmente está cumpliendo la misión; lo cual, en la grandeza de su amor, logrará, ¡aunque se trate de transformar a una monja contemplativa enclaustrada en misionera en el campo!—

CAPÍTULO DIECIOCHO

—Gran historia, Padre ¡Jack! ¿Crees que el corredor tarahumara que acaba de llegar pidiendo Primeras Comuniones para su ejido fue enviado por la Dama de Azul, justo cuando envió a los Jumano a la misión en Isleta pidiendo el bautismo de su pueblo? Sólo me pregunto —dijo el Hno. Gabriel con una sonrisa traviesa en su rostro.

—No lo creo, hermano; y me doy cuenta de que solo estás bromeando. Pero no me sorprendería que la santa monja, que por cierto es una de las más incorruptas de todas las incorruptas, esté orando e intercediendo por el éxito de nuestro trabajo con el Jumano, que es un trabajo que ella realmente comenzó.

—¡Ojala! —intervino Brian. Hablando del corredor y su mensaje, Jack… ¿crees que es hora de aventurarte a los ejidos? ¿Ha tenido noticias de Mons. Mike con respecto a su plan de presentarnos personalmente a esas misiones periféricas?

—Esto es algo que he querido discutir contigo —respondí yo. —Sí, he tenido noticias suyas en varias ocasiones. El problema es que siempre que ha tenido libertad para salir a los ejidos, estábamos ocupados con algún otro asunto importante. Y cuando nos convenía irnos, fue imposible para Mons. Miguel. Todo lo cual nos deja entre la piedra proverbial y el lugar difícil: podríamos esperar hasta que el tiempo se resuelva, lo que puede que nunca suceda realmente; o podemos salir sin haber estado debidamente presentado, y ya hemos escuchado lo peligroso que sería.

—Considerando cómo 'una roca y un lugar duro' describe perfectamente el terreno real de nuestro distrito misionero —comenzó Brian,— propongo que, poniendo nuestra confianza en la misericordia de Dios, aceptemos el riesgo involucrado y nos aventuremos a nuestro misiones distantes sin la presentación formal Mons. Mike sugirió.

—Estoy de acuerdo con Brian —dijo el hermano, mientras asentía con la cabeza.— De alguna manera, nuestra Madre tendrá que hacer la presentación por nosotros. Diablos, ella ha hecho todo lo demás que necesitábamos que hiciera por nosotros hasta ahora; dudo que ella vaya a frenar en esta coyuntura crítica.

—Ciertamente sería 'fuera de lugar' si lo hiciera, hermano. No; ella nos ha dado todas las buenas razones para confiar en su guía y protección, y entonces, ¡confiaremos! El tiempo será crucial en esta situación; permítanme comenzar a reflexionar y orar sobre cuándo deberíamos intentar este viaje exactamente. Como hemos escuchado, el camino de salida a los ejidos es muy accidentado e iremos al ejido más lejano, en consecuencia, habrá mucho movimiento y rebote en la cabina de la camioneta. camión. Entonces, siendo ese el caso, sería mejor si solo dos de nosotros fuéramos. Brian, considerando tu experiencia en ingeniería y construcción, creo que es mejor si vienes conmigo. Podrá evaluar la integridad estructural de la capilla ejidal y podrá determinar si hay algo que debamos hacer al respecto. Hno. Gabriel, puedes ser nuestro hombre en la 'nave nodriza', quien sabrá todos nuestros planes y la ruta exacta que estamos tomando, de modo que, si no regresamos cuando se espera... ¡puedes enviar a la pandilla!

—¡Suena bien para mí! —dijo Brian con una gran sonrisa.

—Los voy a extrañar. —dijo el Hno. Gabriel. —También echaré de menos este 'viaje inaugural'... y veré nuestra zona de misión por primera vez. ¿Cuánto tiempo estarás fuera? —

—No lo sé, hermano —le respondí. —Tendré que hacer un serio discernimiento con respecto a toda esta excursión. Hermano Gabriel...

Brian... por favor, no le digas nada a nadie sobre nada de esto hasta que reciba alguna dirección del Espíritu. En este momento, solo nosotros tres conocemos esta solicitud; mantengámoslo de esa manera.—

—¡Mamá es la palabra! —dijo Brian. —¡Ídem! —dijo el hermano.

—¡Excelente! Hemos tenido un buen comienzo. Recordemos que lo más maravilloso que haya sucedido en este mundo, el nacimiento de Jesús en el establo, la Encarnación, sucedió en silencio y en secreto. Ahora me voy a retirar a mis aposentos para rezar y tomar una pequeña siesta. ¿Qué tal si tenemos La Cena esta noche en el restaurante adjunto a ese hotel en el centro? ya sabes, el *Hotel Hidalgo*. El pequeño restaurante se llama: *Miguel's*. Es conocido en la calle por sus *flautas* y su *sopa poblana*, son las mejores de la región. Podemos continuar nuestra discusión allí con respecto a nuestro viaje inaugural a las misiones distantes. Encontrémonos en el camión a las 7 pm. ¡Viva Cristo Rey! —dije en honor al Padre de México, Padre Miguel Hidalgo (también fue el grito de los *cristeros*, y del mártir jesuita, el Padre Miguel Pro).

—¡Que Viva! —respondieron Brian y el hermano Gabriel.

Más tarde esa noche, fuimos a Miguel's y estábamos relajándonos en nuestra mesa cuando la mesera se acercó.

—Hola, mi nombre es María; seré su mesera esta noche. ¿Desean ordenar?

—Si —dije. Vinimos preparados... todos comeremos la sopa poblana y las flautas.

—Una muy buena elección, Padre —respondió la mesera.

—Oye, Padre Jack —susurró Brian— ¿No es aquel el Padre Gómez al otro lado del restaurante en la mesa de la esquina?

—Sí es —respondí en voz baja. ¿Alguno de ustedes reconoce al tipo con el que está?

—No —respondió Brian.

—No —dijo el hermano, —pero, según su semblante y su forma de vestir, parece ser un individuo bastante rudo.

—Estoy de acuerdo —susurré. —Ciertamente no es el arzobispo ni es de la aristocracia mexicana, sin embargo, podría ser un ganadero local.

—Más como un ex convicto local, diría yo —murmuró Brian.

—¿No ven los tatuajes en sus antebrazos? —susurró el Hno. Gabriel. —Apostaría mi dinero a la teoría del ex convicto. ¡Ese es un tipo de aspecto malo!

—¡Tú también eres un tipo bastante malo! —bromeó Brian con una pequeña sonrisa maliciosa.

—Significa... quizás. ¡Pero al menos no soy feo! —respondió hermano en refutación.

—Está bien, chicos, por favor... suficiente. —susurré.— ¡No aquí, no ahora! Tengo algo serio que compartir contigo. Tomé una decisión sobre el viaje a los ejidos. Esta tarde cuando fui a mi habitación, oré, y luego me quedé dormido. Cuando desperté, de alguna manera, supe lo que teníamos que hacer. Salimos mañana por la mañana al amanecer.

—¡Vaya! —respondió Brian. —¿Por qué tan rápido? ¡Apenas tenemos tiempo para prepararnos!

—Ese es el punto, Brian —dije. —Creo que el Espíritu quiere que tengamos el elemento sorpresa de nuestro lado; como si fuera mejor si llegáramos inesperados y sin previo aviso. De esta forma parecerá que somos completamente inocentes, como si no supiéramos nada de los peligros existentes. Eso aumentará nuestra credibilidad. La mujer evangelista que fue asesinada había estado anunciando su misión de todas las formas posibles desde hacía meses. Es posible que a los traficantes les haya parecido que estaba haciendo demasiado esfuerzo para establecer su credibilidad (*'La dama protesta demasiado, creo'.* Shakespeare: *Hamlet*), por lo tanto, era aún más sospechosa de ser un agente americano de algún tipo.

—Genial, Padre —dijo Brian. —Soy bueno con el perfil de agente encubierto; el Espíritu siempre está un paso por delante del problema que aguarda. Pero seis días más o menos en el desierto, vamos a necesitar muchas provisiones y mucha preparación.

—Volveremos el mismo día —respondí. —Dentro y fuera; vamos a enhebrar la aguja. Para cuando alguien se entere, ya estaremos de regreso. Deberíamos estar de regreso aquí alrededor del atardecer. Esta es la forma más segura de manejar esta primera visita. Una vez que celebremos una misa con el pueblo, la noticia de los nuevos misioneros estadounidenses se extenderá por todos los ejidos; También se compartirán fotos y videos. Nuestras credenciales como auténticos representantes de la Iglesia estarán firmemente establecidas. Entonces, ahí lo tienes, este es el plan. ¿Qué piensas?

—Podría funcionar, Jack; podría funcionar. Vamos a intentarlo. ¡Cuenta conmigo! —susurró Brian.

—Me gusta la idea, Padre —respondió hermano. —Sobre todo, porque volverás el mismo día. Pero te das cuenta, Jack, de que, aunque una buena parte del peligro se neutralizará con tu "oscuridad", aún podrías encontrarte con los militares porque sus patrullas se realizan de forma regular. Teniendo eso en cuenta, tengo una sugerencia. ¿Por qué no pones el álbum de fotos de tu Misa de Instalación como Pastor en la camioneta detrás del asiento para que, si los militares te detengan y registran la camioneta, lo que seguramente harán, descubrirán el álbum, mira? en las fotos, y nos vemos en el altar con el Vicario General de la Arquidiócesis de Chihuahua. Me imagino que podría ser de gran ayuda.

—*Útil*... es un eufemismo, hermano; ¡bien podría salvarnos la vida! Es una idea brillante, hermano... ¡gracias! —declaré, asombrado por el intelecto creativo de hermano.

—Bueno... eso es suficiente, caballeros —dije. —Regresemos a casa y descansemos un poco; mañana es un gran día. Brian, saldremos de aquí mañana con el sol naciente. Saldremos de nuestro camino de entrada y nos internaremos en el desierto a las 6 am.

—Hermano... mañana cuando nos vayamos, ¿podrías hablar con

Sandra y ver si puede averiguar quién es el Padre Gómez iba a cenar con esta noche. Si lo describe, especialmente sus tatuajes, probablemente ella podrá identificarlo. Algo me dice que necesitamos saber quién es él.

—Estoy de acuerdo, Padre; ciertamente formaban una pareja extraña. No te preocupes, Jack, estaré ahí... *como el arroz blanco*; tendré su nombre para cuando regreses mañana por la noche. Y, por cierto... ¡será *mejor* que regreses!—

CAPÍTULO DIECINUEVE

—Leones y tigres y osos... ¡oh Dios! Leones, tigres y osos... ¡Dios mío! —cantaba Brian alegremente.

— Oh, vamos, Brian; basta... ¡no está *tan* mal! —respondí, mientras dábamos vueltas, quince minutos en la primera parte del viaje, que estaba en la carretera "pavimentada"; ¡el camino que tenía más baches que pavimento!

—Está bien —respondió Brian. Soldados, traficantes y serpientes... ¡Dios mío! Soldados, traficantes y serpientes... ¡Dios mío! —cantó Brian, aún más alegremente. —¿Eso está mejor? —

—Es más preciso; pero ¿sería posible que usted fuera un poco más positivo? Quiero decir, mira a tu alrededor... ¡hay muchas cosas hermosas por ahí!

—Está bien... estoy mirando. Veo mucha arena seca y caliente... ¡y muchos cactus extraños cubiertos de púas afiladas y peligrosas!

—Hermoso... ¿verdad? —respondí. —Si tú lo dices. —respondió Brian—

—¡Yo lo digo! Ese cactus grande y voluminoso de allí es un *Cactus de Barril*. Sobrevive almacenando agua. Y debido a su diseño plisado, se puede expandir a medida que recoge más agua. Ese ancho y extenso es un nopal. Es muy popular porque en realidad es comestible".

—Menos las espinas... ¡espero!

—Así es, Brian. Los lugareños saben cómo prepararlos y, cuando se sazonan adecuadamente, son bastante buenos.

—Gracias, Jack. Puedo ver su punto de. Estoy empezando a apreciar este inusual ambiente. ¿Puedes decirme algo sobre la arena que me resulte más atractivo?

—Sí, Brian. Lo principal que llamaría su atención es su simplicidad. Sus colores apagados y neutros y su dócil obediencia al viento recuerdan la humildad necesaria para vivir y ser movidos por el Espíritu. Los Padres del Desierto del desierto de Scetes en Egipto salieron al desierto en busca de un lugar humilde que alimentara una vida interior profunda. La aridez del desierto habla de la realidad espiritual de la experiencia de oración contemplativa, al igual que la libertad y los espacios abiertos del panorama del desierto.

—Sí, Padre Jack —dijo Brian con suavidad y sinceridad, mientras miraba por la ventana. —Ahora puedo verlo; ahora puedo escuchar este hermoso lugar desértico hablándole a mi corazón.—

—¡Maravilloso, Brian! Esto es de lo que se trata; menos, es más. Lo que no podemos ver habla con más fuerza que lo que podemos ver. Por eso no tenemos nada que temer. Aquel a quien no podemos ver nos protegerá de aquellos a quienes podemos ver.

—Oye, Jack... ¿ves algo en el lado derecho de la carretera a unos cien metros más adelante? ¿Qué es eso?

—Sí, veo algo. Sin embargo, no puedo distinguir qué es. Parece un animal de algún tipo —dijo Brian, mientras entrecerró los ojos y se esforzó por ver mejor.

—Sí, sí, parece... como... ¿un caballo? —le respondí:— ¡Caballos! —dijo Brian.

—*¡Tres caballos*! —añadí.

—Me pregunto qué estarán haciendo aquí. ¿Hay alguien con ellos? —preguntó Brian.

—Lo sabremos en un minuto. Voy a reducir la velocidad para no asustarlos; me gustaría echarles un buen vistazo —dije.

—¡Mira esto, Jack! —exclamó Brian.— No son caballos; son burros salvajes... ¡del tamaño de caballos!

—¡Increíble! Bueno, esto confirma lo que Mons. Mike me dijo en el teléfono recientemente. Dijo que el ecosistema aquí es tan puro y saludable que los animales crecen más de lo normal.

—Mira estos burros, Jack... ¡son hermosos! Mira sus abrigos... ¡tan brillantes y llenos!

—Es increíble, Brian... ¡son magníficos!

—Y mira lo tranquilos y confiados que están. ¡Aquí estamos, a unos seis metros de ellos, y ni siquiera nos han mirado todavía! Sin miedo... ¡increíble!

—Es como dijo Jesús, Brian; mira las aves del cielo... ¡mira como las cuido! Mira los lirios del campo... ¡su belleza supera a la de Salomón en todo su esplendor! ¿Cómo podríamos imaginarnos que no nos cuidará bien? *(Mateo 6: 26-30)*

—Sabes, el Padre Jack, creo que estábamos destinados a ver estos burros; fueron llevados aquí a este lugar por el Buen Pastor.

—Sabes, Brian; ¡cuando los miro, siento animado y muy inspirado!

—Bien dicho, Jack, bien dicho. ¡Casi odio dejarlos! Pero déjalos, debemos. Sin embargo, ¡son un precursor de las maravillas que aún nos esperan!

—Realmente creo eso, Padre Jack.

—De eso se trata todo, Brian; ¡creyendo! No es una ciencia exacta. Recuerde lo que Jesús dijo a la gente que le preguntó qué esperaba Dios de ellos... qué obra debían hacer: *La obra de Dios es esta: creer en Aquel que ha enviado* (Juan 6: 29).

—Bueno, él envió esos burros... ¡y yo creo en ellos! —exclamó Brian.

—Creo que quieres decir que crees en Aquel que los envió.

—¿No es eso lo que dije? —respondió Brian.

—¡Si tú lo dices! —respondí con una sonrisa.

—Oye Jack... ¿ya llegamos? —preguntó Brian, en broma.

—¡Yo deseo! Llevamos casi dos horas en la carretera así que... otras cuatro horas más o menos y deberíamos estar allí. Lo que deberíamos estar viendo en cualquier momento es esa montaña que Mons. Mike habló; el de la carretera que... si llovió la noche anterior... puede desintegrarse justo debajo de tus ruedas y enviarte a toda velocidad por la ladera de la montaña. Un sacerdote fue asesinado de esta manera no hace mucho.—

—Bueno, habla del diablo; ¡mira... ahí sopla!

— Sí, Brian, debe ser eso. Vaya... es más alto de lo que imaginaba. Cuando la mayoría de la gente piensa en un desierto, piensa en el Sahara, con nada más que dunas de arena en todas direcciones. Pero la mayoría de los desiertos son como éste, con todo tipo de paisajes diferentes; montañas, cañones, mesetas, etc.

—Vaya Padre Jack... esa montaña sigue creciendo cada vez más. ¡La parte superior parece estar en una nube!

—Tienes razón, Brian; está en una nube. Con suerte, la nube se habrá ido para cuando lleguemos a la cima. Pero, ¿y si no se ha ido... entonces qué?

—Supongo que tendremos que conducir muy, muy lentamente. —¿No están las nubes... mojadas?—

—Estás pensando en la integridad de la carretera; realmente sabe lo que hace cuando se trata de construcción. Pero aquí está la cosa: sí... las nubes están húmedas; pero no es el equivalente al aguacero empapado que recibirías de una nube de lluvia. Sin embargo, tendremos que estar en guardia. De hecho, estoy más preocupado por el problema de la visibilidad. Podríamos terminar en una nube y no poder avanzar ni retroceder. Podríamos quedarnos atrapados allí durante horas... posiblemente toda la noche; y no tenemos mantas, ni siquiera cerillas para el fuego.

—Bueno... aquí estamos, en la base. Teniendo en cuenta el peligro que nos espera, Brian... ¿te gustaría confesarnos antes de que comencemos este peligroso ascenso?

—Gracias, pero no; estoy listo. Vamos montaña... dámelo ¡eh!

¡Dame tu mejor golpe! —Brian gritó alegremente mientras irradiaba una sonrisa feliz y un poco de risa.

—Brian... ¿de verdad esperas que nos caigamos de la montaña? ¿Es esa la razón por la que de repente te sientes optimista y exuberante? Recuerde lo que dije cuando hablamos por primera vez de su participación en el equipo: morir no está en la agenda; no es parte de nuestro plan de misión. ¡Tenemos trabajo que hacer! Si nos caemos de la montaña, Brian, diez niños no harán su Primera Comunión.—

CAPÍTULO VEINTE

—Hasta ahora, todo bien, Brian —dije. —El suelo parece seco y se siente perfectamente estable... aunque el camino es ridículamente estrecho, y las ruedas del lado del pasajero están a sólo a unos pocos centímetros del abismo.—

—Estás bien aquí, Jack; el camino parece estar bien. Es bastante obvio que no llovió aquí anoche. Por supuesto, solo estamos a la mitad de la montaña. Esperemos que esto continúe y que esa maldita nube en la parte superior se mueva.

—Solo voy a entre diez y quince kilómetros por hora, Brian; ¡este camino es demasiado estrecho, con demasiadas curvas! ¿Qué pasa si un automóvil viene de la dirección opuesta? ¿Tendré que retroceder hasta el fondo?

—No. Ya lo he pensado —respondió Brian. —Hay lugares donde puedes tirar el camión muy cerca de la montaña y otro vehículo podría pasar... apenas. Pero teniendo en cuenta que hemos estado en la carretera unas dos horas y todavía no hemos visto otro vehículo, no creo que deba preocuparse por eso. Me preocupa más esa nube y su impacto en la integridad de la carretera.

—¡Caray, hombre! Conducir por esta carretera es realmente estresante, Brian. Ya estoy completamente exhausto por el estrés. ¡No puedo imaginar cómo será si tenemos que conducir a través de la nube!

—¿Quieres que conduzca? —se ofreció Brian.

No, no ¡cómo!... DE NINGUNA MANERA iba a dejar que Brian se pusiera al volante de ese camión mientras estábamos en esa montaña. No después de que un hombre de setenta y ocho años con deseos de morir dijera que estaba listo para hacerlo y gritara a la montaña: *¡Adelante... golpéame con tu mejor tiro!*

—Gracias, Brian, pero realmente necesito acostumbrarme a este viaje. Estaré bien si me detengo de vez en cuando para recomponerme. Será mucho menos estresante en el viaje de regreso.—

—Está bien... solo avísame si cambias de opinión.

— Gracias, Brian. Te diré lo que puedes hacer si no te molesta… ¿Podrías rezar el rosario en voz alta? Y ya que estamos muy arriba en el cielo, ¿por qué no rezas los Misterios Gloriosos?—

—Sin duda... no hay problema. En el nombre del Padre...

—Mira, Brian... adelante; el borde inicial de la nube. Casi parece que está atrapado en la cima de la montaña. Dios... estamos tan cerca de la cima; ¿Qué crees que deberíamos hacer?

—Siga adelante, Padre. No vamos a permitir que una pequeña nube nos haga retroceder. Después de todo... ¡hay diez niños en algún lugar al otro lado de esta montaña que necesitan hacer su Primera Comunión!

Aunque estaba considerando dar la vuelta, con Brian recordándome y recordándome mis propias palabras, decidí enfrentarme a la nube.

—Tienes razón; ¡Hagámoslo, Brian! Quizás una vez que estemos dentro no será tan denso como parece. Probablemente no sean más de cien metros y estaremos en camino hacia el otro lado.

—¡Ese es el espíritu! Lo tienes esto, Jack; la tienes fácil... ¡será como un paseo en el parque!

—Oye... no está tan mal aquí al principio; Puedo ver unos cinco metros delante del camión. Brian... voy a parar para que puedas salir y comprobar la integridad de la carretera. Camina más adelante tal vez diez metros, examina el camino y luego regresa y dime lo que encontraste.

—¡Gran idea! Vuelvo enseguida.—

Brian regresó a la camioneta unos minutos después. Estaba cubierto de pequeñas gotas de agua.

—¿Cómo es? Qué piensas. —dije ansiosamente.

—El camino está bien. Está mojado... pero es superficial; No hay suficiente agua para penetrar en la carretera. Estás listo para irte... no te preocupes por eso.

—Excelente. Esperemos que la visibilidad se mantenga como está. Puedo avanzar con seguridad a muy baja velocidad.

—¡Whoa! Espera a Jack; donde está el camino ¡Detén el camión!

— Lo veo, Brian; ¡quiero decir, *no* lo veo! ¡Quiero decir, el camino! ¡No puedo ver el camino! La nube está sobre nosotros. ¡Apenas puedo ver el cofre del camión!

—Creo que estamos muy cerca de la cima, Jack. Voy a salir y tratar de ver cuánto más nos queda por recorrer.

—Ten cuidado, Brian. Recuerde, es posible que el camino que hay más adelante ya se haya derrumbado... ¡y podría entrar directamente en el abismo!—

Después de unos quince minutos, Brian regresó a la camioneta.

—Me alegro de verte, Brian. Tan pronto como saliste del camión... ¡desapareciste! ¿Cómo te las arreglaste para moverte de forma segura con una visibilidad casi nula? ¿Qué descubriste... si es que descubriste algo?

—¡La forma en que logré moverme de manera segura es gateando sobre mis manos y rodillas! Descubrí que, por alguna razón, la visibilidad era mejor más cerca del suelo. Una de las razones por las que no podemos ver la carretera es porque estamos al comienzo de una curva extrema... una curva cerrada... que nos lleva al otro lado de la montaña. En otras palabras, estamos ahora mismo en la cima de la montaña, el pináculo. Como dice el refrán... ¡todo es cuesta abajo desde aquí! Esa es la buena noticia. Ahora... las malas noticias. No hay forma de que pueda mover el camión hacia adelante es demasiado peligroso. Nunca podrías seguir esta curva. La curva es tan cerrada que sería un desafío a plena luz del día.

—¿No te parece familiar esta situación, Brian? Una vez más... estamos atrapados entre una roca y...

—¡Un lugar suave!" —dijo Brian, mientras lanzaba al Padre Jack una pequeña sonrisa cómica.

—¿Y qué hacemos cuando estamos atrapados entre la espada y la pared? ¡Oramos! ¿Qué misterio estabas tramando en el Rosario, Brian?

—Estaba a punto de comenzar el Misterio Glorioso final: *La Coronación de María: Reina del Cielo y la Tierra.*

—¡PERFECTO! No puedo pensar en un misterio mejor para este lugar en este momento. Oye... ¿qué tal esto Brian? Ya que no podemos ver nada... quiero decir, mira a tu alrededor; no importa qué ventana mire, todo lo que puede ver es la nube. ¡No sabemos qué podría estar justo frente a nosotros, detrás de nosotros, o a cada lado de nosotros! ¡Podría haber un oso gigante, una pantera negra o alguna otra criatura apoyada contra nuestro camión y ni siquiera lo sabríamos! Entonces, dado que estamos, por así decirlo, cegados en este momento, ¿por qué no oramos esta última década con los ojos cerrados... poniendo toda nuestra confianza en nuestra santa Madre mientras recordamos cómo lo que no podemos ver es más poderoso que todo? cosas visibles. Creo que este acto de fe infantil agradará mucho a la Santísima Virgen. Cuando completemos la oración final, solo entonces abriremos los ojos. Recuerda, Brian... ¡sin mirar! "

—Ok lo tengo; ojos cerrados, sin mirar. —¡Excelente! Puedes empezar, Brian.

—Padre nuestro que estás en los cielos...

Mientras seguíamos orando en la nube, de repente Brian gritó:

—Jack, Jack, abren los ojos... ¡tienes que ver esto! Lo confieso... ¡me asomé! ¡Pero tienes que ver esto!

Nos quedaban algunas palabras más en la oración final, y estaba dudando al abrir los ojos, pero Brian estaba tan emocionado y tan insistente que simplemente tuve que abrirlos, sin saber a qué se refería. Cuando abrí los ojos, ¡mi corazón prácticamente explotó de alegría! No había ni rastro de la nube por ningún lado. De hecho, ¡no había ni una nube en el cielo! Estábamos en la cima de la montaña y estábamos en el mimo cielo. ¡Fue glorioso!

—Vaya, Brian... ¡esto es maravilloso! La montaña nos golpeó con su mejor golpe, pero tenemos a alguien en nuestra esquina que es más fuerte que una montaña. Nuestro Señor dijo que con fe podemos mover montañas, ¡Creo que eso también se aplica a las nubes!

—No hay duda, Jack... hemos completado el entrenamiento y ahora somos portadores de tarjetas, con licencia completa y acreditados: *¡'Movedores de Nubes'!*

—Pongamos manos a la obra, entonces, y comencemos nuestro descenso. Se ha despejado el camino y tenemos una misión que cumplir.

—Oye, Jack... ¿ves lo que yo veo, allá afuera en la distancia? Parece otra montaña.

—Sí, lo veo, Brian. Y sí... es una montaña; pero parece ser un poco más pequeña que ésta. No te preocupes, Brian; si tenemos que moverla... ¡lo haremos!—

CAPÍTULO VEINTIUNO

—Eso no fue tan malo —dijo Brian.

—El descenso es mucho más fácil... ¡especialmente cuando puedes ver la carretera! —añadí, sintiéndome enormemente aliviado cuando pusimos una gran *"montaña entre nubes"* (como decidimos llamarla) en nuestro espejo retrovisor y condujimos directamente hacia el desierto.

—¿Hay algo más que pueda decirme sobre el desierto, Padre, que aumente mi aprecio por él? Porque, tal como está, todavía me siento un poco falto de admiración por él.

—¿Sabes qué, Brian? No voy a decir nada... voy a hacer algo. Voy a detener el camión y vamos a dar un paseo de cinco minutos; será bueno estirar las piernas. Saqué el camión del camino, me detuve, salimos del vehículo y comenzamos a caminar.

—Espera, Brian; detente. Ahora escucha. ¿Qué escuchas?

—¡Nada! Absolutamente nada. —respondió Brian.

—Silencio de muerte... ¿verdad? —dije.

—Como una tumba —respondió Brian.

Y ese es el punto, Brian. Es por eso que gente como *San Antonio del Desierto* buscaba lugares como este. Querían morir a sí mismos para vivir en Cristo. La esterilidad, la sequedad y especialmente el silencio pueden ser de gran ayuda en este proceso espiritual. El desierto me recuerda una hermosa visión que Karl Rahner, SJ, tuvo:

Los muertos guardan silencio porque viven, así como charlamos tan fuerte para tratar de olvidar que nos estamos muriendo. Su silencio es realmente su llamado para mí; la seguridad de su amor inmortal por mí.

—¿Puedes ver la belleza del desierto ahora, Brian?

—Sí, Jack. Ahora... ahora puedo. Lo entiendo; veo el desierto, Jack. Hermoso; realmente hermoso. Gracias, Padre.— Con Brian sintiéndose más como en casa en el desierto, continuamos, preguntándonos a medida que avanzábamos sobre qué tipo de misterios y aventuras el desierto aún tenía para nosotros.

—Definitivamente no es tan alto como la *montaña entre nubes*; aproximadamente la mitad del tamaño. ¿Qué opinas, Brian?

—Yo diría que eso es correcto. Pero sigue siendo una gran montaña. Al menos la cima está despejada; debería ser un ascenso relativamente fácil.

—Mira ese gran camión de volteo, Brian, acercándose a nosotros; está como a un cuarto de kilómetro de aquí. Supongo que hay las minas en alguna parte.

— Me quedaré con esa suposición, Jack.

—Me pregunto si irá en nuestra dirección. Si es así, creo que preferiría tenerlo detrás de nosotros en lugar de frente mientras escalamos la montaña —dije.

—Absolutamente. Es mucho más probable que destruya la frágil carretera de la montaña que nosotros —respondió Brian.

—Está bien... ahora veamos en qué dirección va.

—Sí... viene hacia nosotros.

—¡Rayos! Al menos estaremos frente a él para la escalada. Brian. ¿Ves aquello? ¿No parece eso la entrada a un túnel?

—Si. Pero no puede ser para nosotros; no hay carteles ni nada que lo anuncie. Probablemente sea el pozo de una mina vieja.

—Lo sabremos muy pronto... una vez que nos acerquemos un poco más. Brian, esto es una locura; está justo en nuestro camino. Pero no puede ser de uso público. Quiero decir... ¡míralo! Es solo un gran agujero en la base de la montaña. No hay hormigón ni acero en ninguna parte. La entrada no está enmarcada de ninguna manera... ni siquiera con madera. No hay luces, no hay señales... ¡no hay nada! No voy a entrar ahí; me estoy deteniendo.

—Definitivamente, Jack; ¡esta es una de las cosas más extrañas que he visto en mi vida! Dejemos que ese camión de volteo pase y veremos si entra allí.

—¡Increíble, Brian! Simplemente se metió en ese agujero; ¡ni siquiera pisó los frenos! Probablemente nos desviamos del camino principal en algún lugar del camino. Este no puede ser nuestro destino. Mons. Mike nunca dijo nada sobre un túnel. Probablemente sea una especie de depósito de camiones que sirve a las minas.

—Jack... lo sabes tan bien como yo; este es nuestro camino. Y esa es una especie de túnel improvisado que pasa por debajo de la montaña. Vamos a tener que atravesarlo.

—Pero míralo, Brian. Solo hay espacio para un vehículo. ¿Qué pasa si un camión de volteo viene en la dirección opuesta cuando estamos allí? No hay espacio para dar la vuelta.

—Por eso tienes una marcha atrás —dijo Brian con calma, tratando de infundir confianza. —¡Enciende las luces, toca el claxon y lo echas en reversa!

—No puedo creer esto, Brian. Acabamos de cruzar una montaña que estaba llena de peligros, ahora estamos a punto de pasar por *debajo* de una montaña a través de un túnel que se perfila para ser al menos tan peligroso... ¡si no más peligroso!

—No tiene sentido perder el tiempo posponiendo las cosas con esto, Jack. Sabemos que tenemos que entrar allí, así que intentémoslo.

—¡Vamos... a las entrañas de la tierra! —exclamé.

Volvimos a la pista de tierra y nos metimos en un agujero en una montaña que se hacía pasar por un túnel. Cuando entramos por la boca del túnel, miré por el espejo retrovisor y no pude creer lo que vi; había otro camión de volteo que venía detrás de mí... ¡rápidamente!

—Brian, —dije.— ¡Tenemos un problema serio! ¡Hay un camión detrás de nosotros y se mueve rápido!

—¿Crees que nos ve? —preguntó Brian, emocionado.

—¿Ves el camión que está en algún lugar frente a nosotros, Brian? ¡Yo no! Apenas puedo ver a cinco metros frente a nosotros... gracias a todo el polvo que levantó; que no tiene otro lugar adonde ir excepto a través del túnel. Brian, ¿te das cuenta... de que todo este túnel es tierra y solo tierra? la carretera, las paredes, el techo... ¡todo, tierra marrón claro! ¡No puedo distinguir la diferencia entre la carretera y las paredes! ¡Y ni una sola luz en ningún lado! Gracias a esta "tormenta de polvo" en la que estamos, no puedo decir si el túnel se curva o incluso termina. Brian, asegúrate de que tu cinturón de seguridad esté puesto porque la probabilidad de chocar contra una de estas paredes de tierra sólida es extremadamente alta. Entonces, para responder a su pregunta: no... no creo que el camión detrás de nosotros nos vea; no creo que ni siquiera sepa que estamos aquí. Entonces, si chocamos contra una de las paredes, ¡el camión de volteo detrás de nosotros probablemente terminará chocando contra nosotros!

—No, Jack; sabe que hay un vehículo delante de él porque, justo cuando tenemos que lidiar con la estela de polvo del vehículo que está delante de nosotros, él recibirá nuestra nube de polvo y se dará cuenta de que, aunque no puede ver eso, hay un vehículo en delante de él, y tendrá que reducir la velocidad.—

—Eso es consolador, Brian. Pero aquí hay un pensamiento no tan consolador para contemplar: ¿qué pasa si el camión frente a nosotros ya ha salido del túnel, y un tercer camión está en camino desde ese extremo y viene directamente hacia nosotros? ¡Nunca lo veríamos hasta que estuviera encima de nosotros! ¡Podríamos terminar aplastados entre dos camiones de volteo!

—Tienes razón... ese es un 'pensamiento no tan consolador'. ¿Por qué no enciende las luces intermitentes de emergencia ahora mismo?

—¡Buena idea! —dije mientras encendía las luces de emergencia. De alguna manera, logramos atravesar ese túnel increíblemente primitivo de ciento cincuenta metros de largo... que parecía haber sido cavado por una ardilla del tamaño de una ballena jorobada... sin estrellarse contra una pared, o ser aplastado como un acordeón entre dos enormes camiones de volteo llenos de grandes rocas. Entonces, lo hicimos a través de la nube húmeda, y luego... la nube seca. ¿Cuál sería el próximo obstáculo que tendríamos que enfrentar en este desgarrador guante conocido como... la Misión del Desierto de Chihuahua? No lo sabíamos. Pero no pasó mucho tiempo antes de que nos enteráramos.—

CAPÍTULO VEINTIDÓS

—Seguro que se siente bien estar fuera de ese 'túnel de ardillas', ¿no es así, Brian?

—¡Oh sí! —respondió Brian con sincero entusiasmo.

—Primero tuvimos que preocuparnos por caernos de una montaña... luego ¡teníamos que preocuparnos de que una montaña nos cayera encima! ¿Te das cuenta, Brian, de que todo lo que habría necesitado es un leve temblor, un terremoto menor, y ese túnel se habría derrumbado encima de nosotros?

—Debido a mi experiencia en construcción/ingeniería, estoy muy consciente de eso, Jack. Sin estructuras de soporte resistentes para asegurar el techo, es solo cuestión de tiempo antes de que todo se derrumbe.

—¡Esperemos que eso no suceda antes de regresar esta noche!

—Padre Jack... ayer mencionaste a alguien de quien nunca había oído hablar antes; un mártir jesuita mexicano llamado: *Padre Miguel Pro.* Despertaste mi curiosidad. Ya que tenemos alrededor de tres horas antes de que lleguemos... ¿quizás podrías decirme algo sobre él?

—Por supuesto, Brian; qué gran manera de pasar el tiempo. Miguel nació en 2891, en Guadalupe, Zacatecas, México. Nació en una familia razonablemente acomodada y era un joven feliz que era conocido por su caridad y oración. A los veinte años ingresó al Noviciado Jesuita en El Llano, Aguascalientes, México. En 1914, debido a un estallido de anticatolicismo en el gobierno, se cerró el Noviciado y Miguel, un jesuita en ciernes, salió de México para emprender un viaje al sacerdocio que lo llevó a California, España, Nicaragua y Bélgica... donde fue ordenado sacerdote en 1925.

El Padre Miguel finalmente regresó a México en julio de 1926. Tal vez recuerde a Mons. Mike menciona a Calles, el presidente mexicano extremadamente anticatólico cuyas severas políticas tenían como objetivo desmantelar la Iglesia. Bueno, esas políticas brutales dieron origen a la Rebelión Cristera en 1926. Desafortunadamente, Calles era el presidente de México cuando el Padre Miguel regresó a su amada tierra natal.

Entonces, el joven sacerdote jesuita recién ordenado, que solo tenía treinta y cinco años, ¡entró en una verdadera pesadilla! La Iglesia había sido forzada a "clandestinidad", por lo que el Padre Miguel continuó sirviendo como sacerdote clandestinamente usando varios disfraces. A veces, se vestía de panadero o de granjero... o cualquier tipo de mascarada que determinara que serviría mejor a su misión.

Finalmente, las autoridades empezaron a sospechar y en octubre de 1926 lo arrestaron. Lo liberaron al día siguiente, pero ahora estaba en su 'radar'.

—Como diríamos en Brooklyn... ¡tenían su número! ¡lo tenían bien ubicado! —intervino Brian.

—De hecho, lo hicieron, Brian. Y aproximadamente un año después, en noviembre de 1927, se realizó un intento de asesinato de un candidato presidencial anticatólico llamado: Álvaro Obregón. Esta era la oportunidad que esperaba el gobierno. Detuvieron al Padre Miguel por el crimen, y sin pruebas ni juicio, fue condenado a ejecución por un pelotón de fusilamiento.

—¿Estuvo involucrado en el intento de asesinato? —preguntó Brian.

—No; él no estaba. Él era completamente inocente. De hecho, un joven se adelantó y confesó su propia participación en el intento de asesinato y testificó que el Padre Miguel no tuvo nada que ver con eso. Entonces, aunque no hubo evidencia de participación del Padre Miguel, había línea. Es decir, Calles tenía su propia agenda, por lo que los hechos reales eran irrelevantes... y ciertamente no determinantes. Calles vio esto como la oportunidad perfecta para mostrar a todos que él era un líder fuerte y que no se detendría ante nada para aplastar a aquellos que ignoraran y se revelarán contra sus leyes. Tenía la esperanza de que la ejecución produjera una nota de miedo en los corazones de los cristeros. No fue así. Hizo todo lo contrario. ¡Los inspiró y motivó!

—¿Cómo es eso? —preguntó Brian. ¿Pasó algo en la ejecución?

—Tienes buenas intuición, Brian. Sí... ¡sucedió algo realmente maravilloso en la ejecución! Cuando el Padre Miguel salió al patio para ser ejecutado, bendijo al pelotón de fusilamiento y para su último pedido, preguntó si podía arrodillarse y ofrecer una breve oración. Luego fue conducido al lugar de ejecución. Después de negarse a vendarse los ojos, con un crucifijo en una mano y un rosario en la otra, extendió los brazos imitando a Jesús crucificado, perdonó a sus verdugos y gritó... ¡VIVA CRISTO REY! El pelotón de fusilamiento disparó y el buen jesuita cayó al suelo... pero no estaba muerto. Un soldado se acercó al lugar donde había caído y le disparó dos tiros en la cabeza a quemarropa.

—¡Increíble! Al igual que nuestro Maestro... una víctima inocente ¡sacerdote! —exclamó Brian.

—Precisamente, Brian. Ahora Calles estaba tan seguro de que la ejecución desanimaría y desmoralizaría a los cristeros que se aseguró de que todos los aspectos fueran fotografiados. Las imágenes sangrientas se enviaron a todos los periódicos más importantes de México y se difundieron en la portada. ¡El siniestro plan de Calles fracasó por completo! Cuando los cristeros vieron el santo martirio de un sacerdote jesuita joven e inocente, y luego leyeron cómo fueron las últimas palabras en sus labios... ¡Viva Cristo Rey!, que era el grito oficial de los cristeros, se volvieron más motivados y decididos que nunca. Con respecto a la decisión de Calles de ejecutar a un sacerdote inocente y luego hacer que las horribles fotos se difundan por todas partes, todo el asunto fue un estudio de arrogancia e ignorancia. Sus actos de odio sentaron las bases de su propia muerte. Cuarenta mil personas se presentaron al cortejo fúnebre, y otras veinte mil esperaban en el cementerio. Fue esencialmente el principio del fin de la administración de Calles, que terminó en 1928.

—Curiosamente, ocho años después, en 1936, Calles llegó a experimentar algo similar al sufrimiento que tan despiadadamente había infligido al Padre Miguel, menos la ejecución. Por orden del entonces presidente, Lázaro Cárdenas, Calles fue detenido y acusado de haber estado involucrado en una facción conspirativa que intentaba dinamitar un ferrocarril. Fue exiliado y deportado a los Estados Unidos, junto con su hijo Alfredo, donde estableció su residencia en Atlantic City, Nueva Jersey.

—¿Alguna vez el Vaticano se pronunció en contra de sus despreciables acciones?

—Sí, Brian... ¡qué si tienes realmente buenos instintos! En 1926, el Papa Pío XI publicó una encíclica titulada: *Sobre la persecución de la Iglesia en México*. En ella, el Papa criticó duramente a Calles por su guerra cruel e injustificada contra la Iglesia.

—Creo que, si yo fuera Cristero, me habría edificado y animado por completo por el martirio del Padre Pro.

—Sin lugar a dudas, Brian. De hecho, muchos de los cristeros llevaban en la persona en todo momento la foto del martirio del santo jesuita, como si fuera un sacramental; como un crucifijo o un escapulario. Pero hablando del martirio y de los cristeros, ¿conoces la historia de *José Sánchez Del Río*, conocido cariñosamente como: *Joselito*?

—No, Jack; honestamente puedo decir que nunca escuché el nombre mencionado hasta ahora.

—Bueno. ¿Estás de humor para otra hermosa historia?

—¡Con dos horas y media de desierto abrasador frente a nosotros, estoy de humor para nada más que otra hermosa historia! Estas historias son maravillosas, Jack; ¿tiene palomitas de maíz en el camión? —respondió Brian con una sonrisa, mientras giraba la cabeza para hacer contacto visual conmigo.

—Nada de palomitas de maíz. Pero si Joselito estuviera aquí con nosotros, seguramente también querría algo. Verás, Joselito era un adolescente; solo tenía 14 años.

—Espera, Jack; ¿no me vas a decir que este joven también murió mártir?

—Sí... lo hizo, Brian.

—Pero me preguntaste si estaba de humor para otra: *¿hermosa historia?*

—Lo hice... y es hermoso. Pero ni siquiera he comenzado a contarte su historia, todavía. Todo lo que te he dado hasta ahora es una breve introducción, su nombre, su edad y cómo murió. ¡Ahora déjame compartir contigo cómo *vivió*!

—Tienes razón Jack... no deberías juzgar un libro por su portada.

—Por favor continua; mi mente está muy abierta.

—Excelente, Brian. Joselito nació en 1913, en Sahuayo, Michoacán; que está a unos ochenta kilómetros al sureste de Guadalajara y muy cerca del Lago de Chapala. José tenía tres hermanos mayores, dos de los cuales se convirtieron en cristeros. Cuando José tenía trece años, después de suplicar a sus Padres, se fue de casa para unirse a los cristeros. A él y a su amiga, Trinidad Flores, se les asignaron tareas adecuadas a su edad y experiencia, como trabajar en la cocina del campamento, cuidar los caballos y limpiar las armas cristeros. José aprendió a tocar la corneta y finalmente se le otorgó el puesto de abanderado. Poco sabía alguien en el tiempo que Joselito mismo se convertiría en una especie de 'estándar' para los jóvenes que intentan seguir a Cristo en tiempos difíciles

—Abanderado; esa responsabilidad lo puso más cerca de la pelea, ¿no, Jack? —preguntó Brian.

—Sí, lo hizo, Brian. De hecho, durante una batalla en particular en la que los cristeros habían tendido una emboscada a las fuerzas federales, pero fueron rechazados por el fuego de las ametralladoras, el caballo del general cristero recibió un disparo justo debajo de él y estuvo en peligro de ser asesinado o capturado. José vio la situación del general, se acercó a él y le dio al general su propio caballo. El general le dijo a José que corriera, pero José tomó una posición segura y le proporcionó al general fuego de cobertura, una especie de acción de retaguardia, para que el general pudiera regresar con seguridad a sus soldados y continuar dirigiéndolos.

—Hola Jack; el pequeño se parece un poco a mí... suena como si quisiera morir con las botas puestas.

—Es gracioso que digas eso, Brian, porque en realidad... murió descalzo; pero esa parte de la historia aún está por llegar. Entonces, usando su rifle, José logró mantener a raya al enemigo, hasta que se quedó sin municiones. Rápidamente fue capturado y hecho prisionero. Desde tan joven, sus captores asumieron que ahora tenían en sus manos una fuente de inteligencia incomparable, y que con un poco de regateo y un poco de intimidación descubrirían todo lo que querían saber sobre los cristeros.

—No tenían idea de con quién estaban tratando. Sí, era un adolescente; ¡pero estaba ardiendo con el amor de Dios! Lo intentaron, pero él no se rompió. Lo maldijeron y lo golpearon, pero no les dijo nada. Todo lo que les decía era: ¡Viva Cristo Rey! Fue trasladado a su ciudad natal y encarcelado en la iglesia parroquial donde había sido bautizado, pero la iglesia ahora servía como granero para los caballos del Ejército Federal y demás. La iglesia había sido completamente profanada por la presencia de estiércol de caballo, armas, borracheras y peleas de gallos. Esto no le fue muy bien a José, quien en un momento de su juventud fue el responsable de limpiar esa misma iglesia.

—Un día, habiendo tenido suficiente de su profanación, a imitación de la limpieza del templo de Jesús, José agarró a los gallos y les partió el cuello. No temía ni a los gallos ni a los guardias. Después de esto, Lorenzo, otro adolescente que había sido encarcelado con José, temió lo que los guardias podrían hacerles por venganza. José animó e inspiró a Lorenzo al contarle sobre el Padre Miguel Pro, quien había sido martirizado solo dos meses antes.

Finalmente, cuando quedó claro que José no renunciaría a su Fe, se tomó la decisión; José sería ejecutado. La hora de ejecución se fijó para las 20:30 horas. Una de las tías de José le trajo la cena y escondida en el paquete de la cena había una hostia consagrada enviada por un sacerdote local. Todo lo relacionado con la ejecución se organizó para que la menor cantidad de personas posible lo supiera. Parecería que el gobierno había aprendido algo de la forma en que la grandiosa ejecución del Padre Miguel había fracasado.

Haciendo un último intento para que José capitulara, los guardias le hicieron profundas heridas en las plantas de los pies y lo obligaron a caminar descalzo diez cuadras hasta el cementerio. Con la esperanza de presionarlo para que renunciara a su Fe, sus verdugos lo maldijeron e insultaron durante todo el camino, diciéndole que lo iban a matar y llamándolo chico fanático y arrogante. La única respuesta que dio José fue gritar: ¡Viva Cristo Rey! "

—¿Por qué los cristeros no intentaron rescatar a José? —preguntó Brian.

—Lo estaban buscando, pero todo pasó muy rápido y no estaban seguros de adónde lo habían trasladado —le respondí.

—Qué vergüenza —dijo Brian. No tenían por qué hacerle daño de ninguna manera. Fue retirado del campo de batalla y fue encarcelado. Eso debería haber sido suficiente.

Estoy de acuerdo, Brian. Pero el odio de Calles había infectado a la nación, y se sabe que las guerras civiles son conflictos especialmente crueles y odiosos. Cuando llegaron al lado de la tumba, un soldado que se había cansado de los constantes gritos de José de: ¡Viva Cristo Rey !, golpeó la cara de José con la culata de su rifle, rompiéndole la mandíbula. Y luego, de acuerdo con el plan para una ejecución discreta y secreta, los soldados se abalanzaron sobre José con cuchillos, apuñalándolo en la espalda, el cuello y el pecho.

—¿Y qué gritó José en respuesta?—

—¡Viva Cristo Rey! —gritó Brian.

—¡Que Viva! —grité. Esa es la respuesta que daría un Cristero cuando otro Cristero se dirigiera a él con... ¡Viva Cristo Rey! A pesar de haber sido apuñalado varias veces, José... como el Padre Miguel Pro después de que el pelotón de fusilamiento le disparara... seguía vivo. Entonces, el oficial que supervisaba la ejecución "silenciosa" tomó su pistola y le disparó a José en la cabeza. Luego, con disgusto, empujaron el cuerpo inerte de José a la tumba.

—Vaya, Padre Jack, tenías razón. ¡Esa es realmente una hermosa historia! ¡Qué chico tan maravilloso! Quién hubiera imaginado que alguien de su edad podría estar tan dedicado, tan comprometido, en seguir a Cristo. Apuesto a que incluso sus verdugos fueron tocados de alguna manera secreta por la fe inquebrantable e inquebrantable de José.

—Me lo imagino, Brian. Sería difícil no ver algo extraordinario, algo sobrenatural en la noble forma en que el niño se conducía en medio de sus tormentos. Y a pesar de su deseo de mantener la ejecución más o menos en secreto... no hay fotos sangrientas... rápidamente se corrió la voz y en pocos días todos en México sabían sobre Joselito, el inocente niño mártir. Apenas dos meses después del martirio del Padre Pro, Dios les había dado a los cristeros otro ejemplo estelar de fiel discipulado en el martirio del joven José Sánchez Del Río. Cualquiera que sea el terreno moral que Calles esperaba obtener, ahora no es más que una quimera.—

CAPÍTULO VEINTITRÉS

—Cuando piensas en cómo es la mayoría de los jóvenes —reflexionó Brian. La mayoría de ellos tiene grandes sueños, como Steve Jobs (Apple) o Mark Zuckerberg (Facebook); sueñan con establecerse en el mundo y poseer cosas hermosas y demás. Pero este joven, José, todo lo que quería hacer era sacrificar su vida para que otros pudieran tener la plenitud de la vida en Cristo. Qué alma tan maravillosa. ¡Qué enseñanza y ejemplo más maravillosos para los jóvenes!

—No podría estar más de acuerdo contigo, Brian. Y con respecto al Padre Miguel, su vida es un ejemplo brillante para los sacerdotes. Demasiados sacerdotes ingresan al sacerdocio con la misma actitud mundana que alguien que se une a una corporación de primera línea. Ven su vida en la Iglesia como una "carrera hacia la cima". Piensan que el sacerdocio tiene que ver con el dinero, el poder, el prestigio y los beneficios lujosos, como una casa grande, un automóvil caro, ropa elegante, comidas gourmet, amigos prominentes, vacaciones extravagantes y una vida social de alto nivel.

—Esta actitud se conoce como 'arribismo'. Es una actitud totalmente inadecuada y en conflicto directo con la vocación sacerdotal. Mire la vida de Jesús, el modelo para los sacerdotes; ¿tenía alguno de los placeres o deseos mundanos que acabo de describir? Jesús dijo: *"He venido a servir, no a ser servido"* (Mateo 20:28). Por eso los doce apóstoles se quedaron con él las veinticuatro horas del día, los siete días de la semana, durante tres años completos. Sabían que estaba con ellos para servirles, así como todos los demás, y lo amaban sinceramente por esa razón. Habrían desaparecido en una semana o dos si hubiera tenido la actitud mundana de muchos sacerdotes "arribistas".

—Padre Miguel sirvió como un sacerdote humilde y sirviente con cada fibra de su ser. Y lo demostró en la forma en que dio su vida por las ovejas. Sabía cómo era México antes de regresar de Bélgica solo un año después de su ordenación. Sabía que la Rebelión Cristera había comenzado, la Iglesia se había movido "bajo tierra" y los sacerdotes estaban siendo arrestados y ejecutados. Sabía todo esto. Y, sin embargo, siendo el jesuita bien formado y bien entrenado que era, eligió entrar en el caos como el buen pastor. Ni siquiera llegó a usar su sotana jesuita o un traje negro de clérigo. Iba disfrazado de la gente más humilde de la sociedad. De muchas maneras dramáticas, se convirtió en uno con los pobres. Pero él, siendo sacerdote, corría más peligro que ellos. Incluso después de que fue arrestado y supo que las autoridades lo perseguían, no abandonó el país ni cesó su peligroso ministerio clandestino para la Iglesia clandestina perseguida.

—En lo que estoy reflexionando ahora, Padre Jack, mientras contemplo a estos dos individuos notables, es el hermoso trabajo que Dios puede hacer en esas almas que están completamente abiertas y receptivas a su amor.

—El modelo de la dinámica relacional espiritual que estás describiendo, Brian, es nuestra Santa Madre. ¿Hubo alguna vez alguien más abierto o receptivo al amor de Dios que ella? Y la obra que Dios hizo en ella, el fruto, ¿hubo algo mayor?

—Hola Padre Jack, lamento interrumpirte, mira al horizonte de frente; ¿no es un vehículo en la carretera?

—Sí, creo que lo es, Brian. Este es el primer vehículo que hemos visto, además de los dos volquetes, en más de cuatro horas. No es una carretera muy popular.

—¡Tampoco es un buen camino, Jack!

—No hay discusión allí; ¡ni siquiera estoy seguro de que merezca el título de "camino"! Brian... ¿por qué no sacas los binoculares y ves si puedes contarme un poco más sobre ese vehículo? Ni siquiera puedo decir si se está moviendo en nuestra dirección o si se está moviendo.

—Claro que sí, Jack. Ok, veamos... sí, ahí está. Sí, se está moviendo; puedo decirlo porque está levantando mucho polvo. Y si; se mueve en nuestra dirección.

—¿Qué tipo de vehículo es?

—No puedo decirlo todavía, hay demasiada maleza baja que bloquea mi vista. Necesito que suba en una subida para poder verlo bien. ¡Ahh! ahí ¡vamos! Es un camión.

—¿Se parece a uno de esos camiones de volteo que vimos antes?

—No... no es tan grande y pesado

—¿Puedes distinguir el color? Los camiones de volteo eran negros.

—No es negro. Parece que podría ser una especie de... verde oscuro—

Con esas palabras, inmediatamente quité el pie del acelerador y nos volvimos a mirarnos; y al mismo tiempo, todos dijimos: ¡los Militares!

—Quizás no, Jack.

—Son ellos, Brian; ¿quién más estaría conduciendo por aquí en un gran camión verde?

—¿Un granjero?

—Estamos en el desierto, Brian. ¡Llevamos cuatro horas conduciendo y todavía no hemos visto una granja! ¡Son ellos!

—Tienes razón; ¡son ellos! ¿Qué debemos hacer?

—Primero: hay que tener presente lo que nos dijo Rodrigo cuando estábamos en su casa para cenar esa noche; existe una siniestra cortesía entre los militares y el cartel de la droga. Son indistinguibles, esencialmente una y la misma cosa; una comorbilidad mortal que está a punto de destruir la nación. Entonces, esto será comparable a reunirse con los traficantes.

Por lo tanto... tenemos que esperar lo mejor, pero prepararnos para lo peor. Segundo: no, bajo ninguna circunstancia, acepte un registro sin ropa. Diles que tendrán que matarte. Tercero: sin movimientos rápidos. Haz exactamente lo que dicen y solo lo que dicen. Recuerda... ellos no saben quiénes somos. Podríamos estar armados o podríamos estar preparándolos de alguna manera. Por último, intente relajarse... trate de no mostrar miedo o nerviosismo. Respeto... absoluto, miedo... no. Está bien... están a unos doscientos metros de distancia; voy a salir del camino y a detenerme dándoles el paso, con suerte, nos pasarán de largo.

—No nos pasarán, Jack

—Lo sé; por eso dije... con suerte.

—¿Deberíamos decir una oración?

—No tenemos tiempo. Permíteme decir esto: Padre Miguel, Joselito, estén con nosotros, fortalécenos, ayúdenos. Aquí están, Brian. ¡Viva Cristo Rey!

—¡Que Viva!—

—¡Salgan del camión, despacio! —dijo el capitán del ejército en tono amenazador.

El camión del ejército se estacionó en la vía a unos seis metros delante de nuestra posición, en el lado derecho de la vía. Había un total de cinco soldados; dos en la cabina y tres de pie en la parte trasera del camión. Uno de los soldados en la parte trasera del camión tenía su rifle automático apuntado directamente hacia nosotros. El soldado en el asiento del pasajero, el asistente del capitán, saltó en el momento en que el camión se detuvo, tomó una posición directamente frente al camión e inmediatamente levantó su arma y nos apuntó. Finalmente, el capitán salió de la camioneta y caminó enérgicamente, pero con cautela, hacia nuestro vehículo. La forma en que todo esto se desarrolló, con precisión de máquina, me dijo que este no era su "primer rodeo"... habían hecho este mismo tipo de cosas muchas veces antes y lo habían convertido en una ciencia, si no en un arte.

—Párate aquí en el camino —ordenó el capitán.

—¿Quiénes son y qué están haciendo aquí en el desierto? —

preguntó el capitán con autoridad.

Le dije quiénes éramos y por qué estábamos allí, y le mostré la carta del Arzobispo, que tenía en el bolsillo superior, autorizándome a servir en la misión del desierto. Él, leyó la carta y luego me la devolvió bruscamente y bromeó:

—¡Basura! ¡Basura! Muéstrenme sus identificaciones.

Le mostramos nuestros pasaportes y licencias de conducir; que rápidamente respondió de la misma manera cortante... como si fueran falsos y estuviera cada vez más disgustado con nuestras acciones.

—Tendremos que registrar su vehículo —declaró con voz autoritaria.

Con esa declaración como su señal, los dos soldados en la parte trasera de la camioneta, que no se estaban preparando para dispararnos, saltaron y trotaron hacia nuestra pequeña camioneta.

—¡Registren todo el camión! —gritó el capitán, mientras los soldados abrían las dos puertas de la camioneta y comenzaban su búsqueda.— Miren por todas partes; debajo del capó, detrás del asiento, debajo del asiento... ¡en todas partes! —

Cuando uno de los soldados encontró algo sospechoso, como mis ornamentos, se los llevó al capitán para que lo revisara.

—Esos son mis ornamentos —dije. Son cosas que necesitaré para celebrar la misa de Primera Comunión.—

Lo abrió, lo palpó, lo cerró e irrespetuosamente, lo tiró al suelo. Miré a Brian y él me miró a mí. Con nuestros ojos, nos dijimos: esto no se ve muy bien. Entonces uno de los soldados le entregó al capitán nuestros binoculares.

—¿Para qué los necesitas? —preguntó el capitán, como si dijera: ¿qué están haciendo realmente aquí?

—Pensé que podríamos necesitarlos para encontrar el ejido. Como mencioné, esta es nuestra primera vez aquí —respondí.

—¿Te importa si los tomo prestados? —preguntó el capitán.

—No.— fue todo lo que dije.

El capitán llamó a uno de los inspectores, le entregó los binoculares y le dijo que los pusiera en el asiento de la cabina del camión del ejército. Luego, finalmente, un inspector le llevó al capitán el álbum de fotos de mi Misa de Instalación que Padre Gabriel había sugerido que lleváramos con nosotros para agregar credibilidad y legitimidad a todas nuestras afirmaciones. Lo miró detenidamente, ocasionalmente mirando hacia arriba para ver cuánto se parecía mi rostro al de las fotos. Luego lo cerró y me lo entregó con relativa educación... considerando todo. Luego se volvió hacia los soldados que habían estado registrando nuestro camión pero que acababan de completar su búsqueda.

—¿Encontraste algo? —preguntó el capitán.

—Nada. —respondió el soldado a cargo del registro.

Entonces el capitán se volvió hacia mí.

—Puede volver a su camión ahora —él dijo.

Los dos soldados que nos apuntaban con sus armas se retiraron y todos los soldados regresaron a su camión, incluido el capitán. El capitán y su asistente discutieron algo durante un minuto o dos, luego el asistente salió del camión del ejército y se acercó a nosotros.

—El capitán dijo que puedes irte ahora.

—Gracias y que Dios los bendiga —fue mi respuesta mesurada pero amable.

Pasaron por delante de nosotros y volví a la pista para continuar nuestro viaje... un poco tembloroso, pero sintiéndome como si hubiéramos salido fácil.

—Jack... ¿de qué crees que estaban discutiendo después de que regresaron a su camión?

—¡Creo que estaban discutiendo si conservar mis binoculares o no!

—Pero él no se los va a quedar... los está tomando prestados —dijo Brian, enfatizando el uso engañoso de las palabras del capitán.

—Lo sé, Brian. Pero creo que algún día los devolverá.

—No puedes hablar en serio, Jack. ¡Esos binoculares valían muchos pesos! ¿Qué te hace pensar que los devolverá?

—Cuando estaba revisando el álbum de fotos, estaba parado muy cerca de mí y dos veces, acercó su rostro al mío y me miró a los ojos... presumiblemente para comprobar su color y expresión. Brian, ¿alguna vez has oído hablar de la Filosofía del Rostro de Emmanuel Levinas, o como a veces se la denomina filosofía Cara a Cara?

—No. —respondió Brian.

—Levinas fue un filósofo judío que murió en 1995. Desarrolló un enfoque de la filosofía que era algo similar al de otro gran filósofo judío, Martin Buber, quien es bien conocido por su filosofía *'Yo y Tú'*. Muy simplemente, Levinas estaba tratando de mostrar que tal vez deberíamos buscar las raíces de la filosofía en el ámbito de la ética, en un nivel personal más profundo donde el sujeto se encuentra con ese misterioso 'otro', a quien él llama: *la Cara*. Él ve este encuentro como completamente ético porque el sujeto inmediatamente siente una cierta responsabilidad y la necesidad de cuidar el Rostro, el otro.

—Entonces, ¿estás diciendo que debido a que tuviste un encuentro cara a cara con este 'capitán' ladrón, él sentirá la necesidad de actuar éticamente contigo y devolver tus binoculares? —preguntó Brian.

—No exactamente, Brian. Solo digo que el punto más destacado que estaban haciendo Levinas y Buber es que hay un valor especial... un poder misterioso en los encuentros de persona a persona.

—Sabemos esto, Jack; aquí estamos, sentados en nuestro camión, ilesos. Entonces, tal vez haya algo de valor especial en un encuentro interpersonal, incluso con un bromista como ese capitán.

—No hay duda al respecto, Brian. Pero no creo que nosotros se convirtieron en personas para el capitán hasta que revisó el álbum de fotos y vio nuestras "caras" allí. Hasta ese momento, éramos solo dos hombres muy sospechosos y mentirosos.

—Tienes razón, Jack. Lo estaba observando de cerca y su comportamiento cambió por completo.

—Bueno... espero que sea lo último que veamos de esos tipos —dije con un suspiro de alivio.

—Yo también. Oye... anímate, Jack; ¡nos quedan dos horas más! —dijo Brian, riendo.

—Si. ¡Y pensar que tenemos que hacer todo esto al revés en unas pocas horas a partir de ahora! Puedo pedirle que conduzca en el camino de regreso, Brian... al menos parte del camino.

—Eso es lo más inteligente que te he oído decir en todo el día, Jack.

—¿De verdad soy tan poco inteligente? —respondí. Brian no tenía idea de a qué me refería.—

CAPÍTULO VEINTICUATRO

—Mira cómo han cambiado el terreno y el paisaje, Brian —observé.— Casi no hay vegetación y estamos empezando a ver pequeños cañones a ambos lados de nosotros. Incluso la carretera está cambiando: ya no es una pista hecha de dos surcos en el suelo. Ahora es una superficie plana de arena endurecida. De hecho, es tan plano que me resulta difícil saber si estoy realmente en la carretera. Solo estoy siguiendo las marcas de la banda de rodadura del último vehículo que pasó por aquí, con la esperanza de que este sea el 'camino'.—

—Dado el terreno accidentado a ambos lados de nosotros, Jack, diría que este tiene que ser el camino. ¿Dónde más podría haber ido?

—Sí, parecería así. Pero uno pensaría que habría algún tipo de marcadores para indicar que este es, de hecho, el camino, teniendo en cuenta lo primitivo que era el túnel, Jack, no me sorprende tanto un camino sin marcar que atraviesa una meseta baja.

—Vaya, Brian... deberíamos habernos llevado a uno de esos corredores tarahumaras. ¿Se da cuenta de que, si nuestro vehículo se avería, podríamos estar aquí durante días antes de que pase otro vehículo? Si tuviéramos un corredor con nosotros, podría ir al ejido más cercano en busca de ayuda.

—Me doy cuenta de eso, Jack. Pero hemos llegado tan lejos, así que... cruzaremos ese puente cuando lleguemos a él.

—¡Genial! Hablando de puentes; ¿mirarás esto? —exclamé,

totalmente sorprendido por lo que estaba viendo.

El camino se había estrechado debido a un acantilado a nuestro lado derecho y enormes rocas a nuestro izquierdo. Parecía como si las rocas se hubieran derrumbado desde el acantilado, y un equipo de ingenieros del ejército las atravesó para dar paso a una carretera. Detuve el camión en un punto donde la carretera nos puso entre dos enormes rocas, cada una del tamaño de una casa de dos pisos. La razón por la que me detuve fue por lo que estaba directamente frente a mí. Estaba mirando una mesa extremadamente estrecha, solo un poco más ancha que nuestro camión, cuya superficie estaba a unos treinta metros del cañón de abajo. Cada lado de la mesa era un acantilado vertical que descendía hasta el fondo del cañón. Este camino de mesa de treinta metros de alto, doce pies de ancho y cincuenta metros de largo era esencialmente un puente a través de un cañón.

El problema era que, debido a la altura y naturaleza vertical de esta inusual mesa, no había margen de error; si hubiera llovido recientemente y cualquiera de los lados de la carretera hubiera sufrido algún grado de excavación debido a la escorrentía, la mesa cedería en ese lugar bajo el peso del camión y el camión podría terminar tomando un centenar de pie, inmersión vertical hasta el fondo del cañón. No hace falta decir que sería un desastre del que nadie se alejaría.

—Brian... ¿estás viendo esto? —pregunté en un tono silencioso y aterrorizado.

—Lo soy, lo soy, Jack —dijo Brian, prácticamente sin palabras.— Sabes, Padre Jack, realmente necesitas escribir un libro sobre esto algún día.—

—Nadie lo creería, Brian. Pero antes de que se pueda escribir un libro, tenemos que sobrevivir a todo esto y volver a nuestra casa en San Isidro.

—Enterado —respondió Brian, todavía aturdido y mirando al frente al traicionero puente de la mesa.

—Sabes, Brian... la diversión nunca se detiene con este viaje,

¿verdad? —intentando elevar un poco nuestro estado de ánimo.

—No, no es así, Jack, ¡sigue viniendo hacia ti! —respondió Brian con una sonrisa.

—Esto simplemente no puede ser el camino, Brian. ¡Quién en su sano juicio se arriesgaría a cruzar esta trampa mortal!

—¿Dos misioneros en camino para dar a diez niños su Primera Comunión? —respondió Brian, con una pequeña sonrisa burlona.—Seamos realistas, Padre Jack; independientemente de lo peligroso que parezca este puente, este es el camino. ¿No ves esas marcas de la banda de rodadura de los neumáticos que se cruzan en línea recta? Esto es lo que han estado usando como camino.

—Increíble, Brian. Pero tengo que admitir, probablemente tengas razón. Escuche, aquí tiene una idea. Tienes experiencia en ingeniería y construcción. ¿Por qué no sales del camión y cruzas esta planicie y la inspeccionas, como harías con un edificio o algo así? Obviamente, nos preocuparía principalmente la integridad de los bordes exteriores. Entonces puedes informarme y decirme si lo consideras seguro.

—Estaría feliz de hacer eso, Jack. Pero recuerde, hay una gran diferencia entre un edificio construido por seres humanos y una planicie construida por la naturaleza; ¡la naturaleza no está sujeta a ningún código de construcción!

—Comprensible, Brian. Pero seríamos tontos si al menos no le echáramos un vistazo para ver si hay algo obvio... como una gran fisura en alguna parte. ¿Qué piensas?

—Está bien... echemos un vistazo a esta cosa —respondió Brian, mientras salía del vehículo.

Mientras miraba a Brian salir al puente, se me ocurrió una idea divertida. ¿Qué sentido tenía pedirle a Brian, un misionero de setenta y ocho años con deseos de morir, que hiciera una inspección de seguridad de cualquier cosa? La seguridad no es lo más importante en su mente en estos días. De hecho, la idea de caerse de esa planicie probablemente le resulte muy atractiva. Línea de fondo; ¿podría creer su informe? No, no podría. Especialmente dado su semi-arrebato maníaco cuando le pregunté si estaba listo para ascender a la *montaña entre Nubes*. Sin embargo, sí se portó bien cuando los militares nos detuvieron y nos revisaron y nos apuntaron con dos armas.

—Una de mis preocupaciones durante ese incidente fue que Brian haría algo suicida, como empujar al capitán, y luego ser despedazado por dos armas automáticas. Constituyó la oportunidad perfecta desde su perspectiva. Hubiera sido similar a un escenario de "muerte por policía". Y, sin embargo, no hizo nada por el estilo. Considerando todo, decidí que, aunque realmente no podía confiar en su informe de seguridad, él siempre había sido un misionero dedicado, y si había algo obviamente mal en la carretera, me lo diría.

—Entonces, Brian, ¿cuál es tu informe?

—Caminé a lo largo de la mesa en busca de fisuras o puntos débiles. Me puse boca abajo unas cuantas veces y miré a los lados para ver si había puntos huecos causados por la escorrentía. Fui a mis manos y rodillas y toqué los costados en varios intervalos para comprobar si había humedad, y no había ninguna; tampoco sentí ningún petricor. Toda la mesa está seca y firme. No vas a tener ningún problema, estás listo.

—Entonces, sin grietas... ¿nada sospechoso? —pregunté.

—Nada. De hecho, las marcas de la banda de rodadura del neumático parecen estar frescas; como si algún vehículo hubiera pasado por aquí en las últimas horas. Parece que las marcas podrían haber sido hechas por ese camión militar que nos detuvo.

—Bueno... eso es algo reconfortante; si el puente pudiera soportar ese gran camión militar con cinco hombres a bordo, nuestro pequeño camión, con nosotros dos solos, no debería ser un problema. Gracias, Brian. Realmente aprecio la minuciosidad de su inspección. Así que antes de despegar, ¿por qué no inclinamos la cabeza y pedimos la protección de San. Bénézet?

—Espera un minuto; ¿santo quién?

—San Bénézet, fue un constructor de puentes francés que se convirtió en un santo canonizado. Entonces, la iglesia lo ha reclutado como el santo patrón de los puentes.

Ofrecimos nuestra pequeña oración, luego me volví hacia Brian y le dije:

—¿Listo para despegar?

—Espera, Jack; no todavía. ¿Por qué no retrocede unos veinticinco metros y golpea el puente tan rápido como pueda sin perder el control?

—Espera un minuto; ¿no acabas de decirme que revisaste el puente y, en tu opinión, es seguro?

—Es seguro. Pero se me acaba de ocurrir que, para estar aún más seguro, sería prudente cruzar rápidamente.

—¿Para estar aún más seguro? Si el puente es seguro, Brian, entonces la velocidad a la que lo cruzamos no debería ser un factor... ¿correcto?

—Si. Pero recuerda lo que dije sobre la diferencia entre una construcción humana y una construcción natural. Hay cosas que suceden en construcciones naturales que no tenemos forma de conocer y, por lo tanto, no podemos incluirlas en la evaluación.

—¿Como?

—Bueno... por una cosa; criaturas. Es posible que haya insectos o roedores que hayan hecho túneles en la mesa que no pude ver ni detectar.

—Está bien... suficiente de esto. El tiempo pasa. Hagamos esto... ¿hasta dónde dijiste que debería retroceder?

Puse la pequeña camioneta de cuatro cilindros en reversa y retrocedí unos veinticinco metros. Luego nos quedamos sentados mirando el puente; parecía estar llamándonos. Las dos gigantescas rocas, una a cada lado, formaban una especie de entrada natural al puente. Uno podría imaginar a una persona que cobra el peaje extendiendo un antebrazo y una mano abierta fuera de la cara plana de la roca para recibir el peaje.

Aceleré el motor varias veces, sintiéndome más como Mario Andretti, la leyenda de los autos de carreras, que como un sacerdote misionero. La camioneta tenía un cambio estándar, así que presioné el embrague y puse la camioneta en primera marcha mientras seguía presionando el embrague para que permaneciéramos estacionarios. Miré a Brian y dije:

—A la cuenta de tres; ¡uno, dos, tres!

Lentamente, solté el embrague mientras presionaba con cuidado el pedal del acelerador, y tuvimos un buen y sólido despegue. Ahora, segunda marcha; moviéndose más rápido, más rápido, acercándose a la entrada. A unos diez metros de la entrada de roca de baja tecnología del puente, lo puse en tercera y volamos a través de esa mesa como si fuera el Puente de Brooklyn el domingo por la mañana.

Tan pronto como llegamos al otro lado, miré por el espejo retrovisor y vi una gran nube de arena a nuestro paso. Me detuve inmediatamente para que pudiéramos investigar la causa. Brian y yo saltamos de la camioneta y caminamos unos metros hasta donde comenzaba el puente. Cuando el polvo finalmente se aclaró, no podíamos creer lo que estábamos viendo. Nos quedamos sin palabras; especialmente Brian. Una longitud de cuatro metros y medio de la parte central de la mesa se había derrumbado por completo. El área colapsada tenía alrededor de cinco pies de profundidad. Si se hubiera derrumbado frente a nosotros a la velocidad a la que íbamos, no habríamos podido detenernos a tiempo y hubiéramos navegado directamente desde la mesa. Finalmente, Brian se volvió para mirarme y dijo:

—Al menos lo hicimos a salvo.

Luego ambos nos volvimos a mirar un poco más el puente de la mesa colapsado.

—Brian... ¿tienes alguna idea en este momento?

—Si. ¿Qué hay de ti?

—Si. Pero tú ve primero. ¿Qué estás pensando? —pregunté.

—Estoy pensando que tal vez si hubiéramos conducido muy lento, es posible que la mesa no se haya derrumbado. Quizás ir tan rápido como lo hicimos creó una vibración intensa que hizo que la mesa se desmoronara. Por supuesto, no podemos estar seguros. Tu turno; ¿qué estás pensando?

—Tengo un pensamiento en mi mente desde el momento en que vi que la mesa se había derrumbado. ¿Sabes cuál es ese pensamiento, Brian?

—No—

—Por supuesto que no, Brian, porque no es importante para ti. El pensamiento que tengo, Brian, es este: ahora que este puente está destruido... ¿cómo volvemos a San Isidro? ¿Alguna sugerencia, Brian?

—No en este momento. —respondió Brian.

—Mira a nuestro alrededor Brian. ¿Ves algún camino por ahí? ¡Nada más que terreno súper accidentado y cañones hasta donde alcanza la vista!

—Tiene que haber una ruta alternativa; esta no puede ser la primera vez que esto se derrumba. Preguntaremos a la gente del ejido; ellos podrán ayudarnos —respondió Brian.

—Sí, tienes razón, Brian. Deberíamos estar agradecidos de haber cruzado a salvo. Estoy seguro de que hay una razón, una buena razón, por la que Dios quiere que regresemos por una ruta alternativa. ¿No es eso lo que les dijo a los tres magos que hicieran después de visitar a Jesús, el rey recién nacido, y se preparaban para regresar a casa? Solo somos dos, pero podemos decir que el Hno. Gabriel está con nosotros en espíritu.

—Excelente, Padre Jack... ¡me encanta! Continuemos ahora y demos a diez niños pobres el mayor tesoro que jamás recibirán... ¡Jesús!—

CAPÍTULO VEINTICINCO

A medida que nos acercábamos a *Luz del Cielo*, el ejido al que íbamos, el paisaje se volvió aún más dramático. Era muy similar a lo que verías en Monument Valley, Arizona. Dimos la vuelta a una gran curva que conduce al ejido y divisamos a nuestro lado derecho un puesto de guardia militar que estaba estratégicamente ubicado en lo alto de una colina rocosa con vista a Luz del Cielo. Nos dimos cuenta de que no estábamos lejos de la frontera con Estados Unidos, pero nos hizo pensar en este ejido en particular. La gente nos había dicho que cada vez que te encuentras con un puesto militar en el desierto, están allí por una sola razón... y no es para detener la inmigración ilegal de los Estados Unidos ni para defenderse de una invasión estadounidense. Está ahí para proteger el narcotráfico.

Los soldados, que nos habían visto venir desde kilómetros de distancia, no nos prestaron atención. Lo que me llevó a creer que el capitán se había puesto en contacto con ellos y los había alertado sobre nuestra llegada. Me encontré esperando que, si los soldados sabían de nuestros planes, tal vez pasaran la voz al ejido para que estuvieran listos para cuando llegáramos. Cuán útil sería para nosotros, ya que ya tuvimos una serie de retrasos que nos retrasaron.

Resultó que los soldados sí pasaron la noticia de que los misioneros iban camino al ejido para celebrar la misa de Primera Comunión. Entonces, cuando llegamos, ya todos estaban en la capilla y todo estaba preparado no solo para la misa, sino también por la fiesta que sigue después. La misa fue muy bien y los niños y sus familias estaban radiantes de alegría. Le explicamos que, aunque no podríamos quedarnos durante toda la fiesta, sin duda agradeceríamos un plato de comida antes de emprender nuestro viaje de regreso.

Vi a un hombre que parecía estar a cargo de la fiesta, así que le hice una seña, indicándole que me gustaría hablar con él. Le hablé del puente Mesa y le pregunté si había una ruta alternativa de regreso a San Isidro.

—Sí, la hay —respondió. Pero es un poco más peligroso que el camino por el que entraste.

—¡*Más* peligroso que el camino por el que entramos! —dije.

—¡Qué podría ser más peligroso que la carretera por la que entramos!

—¡Arena movediza! —dijo nuestro guía recién descubierto, que en este momento parecía que acabara de salir de un set de filmación de Indiana Jones.

Ok... así que ahí estaba. Mons. Mike mencionó las arenas movedizas, pero sin dar más detalles.

—Más peligroso; entendido. Por favor continua. Dime dónde comienza el camino, dónde termina y cómo es, en general.

—Cuando digo que es más peligroso... eso es algo bueno.

Como se sabe que es más peligroso, nadie lo usa; ni los militares ni los bandidos ni los traficantes. Por lo tanto, no tendrá que preocuparse por ninguno de ellos.

En este punto, Brian, que estaba allí escuchando, me hizo una señal con el pulgar hacia arriba.

—Por supuesto, a menos que seas un corredor tarahumara, si tu vehículo se avería estás en serios problemas. Pero si sigue mis instrucciones y consejos, no tendrá ningún problema. Lo principal es que te mantengas en la pista. Si te desvías de la pista, especialmente en la primera hora, podrías terminar en arenas movedizas... y eso no sería bueno —dijo nuestro recién descubierto 'experto en rutas alternativas'.

—OK... mantente en la pista; entendido. ¿Algo más que debamos saber?

—Cruzarás tres puentes como el que se derrumbó, solo que estos tres son más estrechos. Esta es una de las principales razones por las que la gente evita esta ruta. Pero su camión también es estrecho, por lo que estará bien. Pero, sobre todo, aquí tienes la mejor noticia. Cada uno de los puentes consta de una roca sólida enorme... por lo que no tendrás que preocuparte de que se derrumbe. El camino da una vuelta completa y termina en una de tus minas.

—¿La carretera pasa por alto el túnel?

—Sí, lo hace. Cuando llegue a la mina, siga las señales hacia San Isidro y lo guiarán de regreso a la carretera principal por la que entró.

—Suena bien, amigo. ¡Gracias! Entonces, ¿dónde comienza este camino?

—¿Estás listo para irte ahora mismo?

—Tenemos que irnos ahora, o tendremos que atravesar la *montaña entre nubes* en la oscuridad; y eso es algo que quiero evitar hacer.

—Ese es mi caballo justo ahí. Sígueme y te mostraré dónde comienza la ruta alternativa de regreso a tu casa.

Mientras seguíamos al ciclista por una suave pendiente, comenzamos a reflexionar.

—Esto es tan hermoso, Padre ¡Jack! —dijo Brian. Así como los magos recibieron instrucciones de regresar a casa por una ruta diferente para eludir a los espías de Herodes, se nos ha indicado que usemos una ruta alternativa para eludir a nuestros enemigos... los traficantes, los bandidos y los militares.

—El que nos dio esta misión, Brian, nos guiará y protegerá para que podamos cumplirla.

El "camino más peligroso" en realidad nos pareció menos peligroso porque nuestra mayor preocupación desde el principio fueron los "malos". El mal que hacen los hombres es un fenómeno único en el mundo en el que el hombre puede optar por hacer un mal uso de su libre albedrío y causar daño a los demás, así como a sí mismo, y por respeto a la libertad del hombre, Dios lo permitirá. Pero como nos recuerda el salmista: *"Aunque camine por el valle de la muerte, no temo mal alguno... porque tú estás conmigo"* (Salmo 23: 4).

En consecuencia, nos sentimos más a gusto con los desafíos naturales.

Vimos las arenas movedizas y, de hecho, estaba peligrosamente cerca de la carretera. A veces estaba en el lado derecho de nosotros y, a veces, en el izquierdo. Fue bastante fácil de detectar. Verías cosas extrañas sobresaliendo de él; cosas como las astas de un ciervo, las patas de una vaca, etc. Los puentes de roca no estaban tan mal; angustioso, pero menos amenazante que una mesa colapsable. Logramos ascender y descender la *montaña entre nubes* mientras el sol se ponía... fue espectacular; una conclusión adecuada para lo que había sido un viaje verdaderamente inolvidable. Con todo, hicimos un mejor tiempo en el viaje de regreso porque nunca nos retrasamos por interferencias naturales o humanas.

Nos detuvimos en el camino de entrada de nuestra casa comunitaria a las 9 pm, que fue la hora exacta en que le dijimos al hermano que nos esperara. Cuando entramos a la casa, encontramos al Hno. Gabriel en oración en nuestra pequeña capilla interna.

—Saludos, hermano... estamos de regreso —grité cuando entré a la casa.

—¡Bienvenidos a casa! ¡Chicos... me alegro de verlos! Todo el día, siempre que tenía la oportunidad, estaba en la capilla rezando para que todo saliera bien y llegaras a casa a tiempo. Lo último que quería era tener que enviar un grupo de búsqueda. Así que cuéntame... ¿cómo les fue?

Le di al Hermano un bosquejo en miniatura de nuestra historia y luego dijo: —Bueno, no eres el único con una historia hoy. Es bueno que estés sentado; espera hasta que escuches esto. Me pediste que intentara averiguar quién era ese tipo que estaba cenando con el Padre Gómez en el restaurante *Miguel's* la otra noche. Lo consulté con Sandra. Te lo digo Padre Jack, esa mujer está en el negocio equivocado; ¡realmente debería estar trabajando para la CIA! Las conexiones que tiene y la información a la que tiene acceso, son solo... bueno, ¡nunca había visto algo así!

—Entonces, de todos modos... resulta que es un ex convicto y se llama: Ramón Pérez. Espera; se pone peor. ¡Ramón es un sicario!

—¿Sica-qué? —preguntó Brian. ¿Es miembro de algún tipo de movimiento religioso, como un cursillista o algo así?

—No, no, Brian; ojalá lo fuera —dije con un suspiro.— No... en realidad es todo lo contrario. Un sicario es un asesino a sueldo; un sicario profesional de un cartel de la droga. Continúa, hermano... ¿qué más averiguaste sobre él?

—Trabaja para Kiko Garza, el narcotraficante gobernante aquí en San Isidro.

—Entonces, ¿por qué un sicario estaba cenando con el muy conocido Pastor de la enorme Parroquia de San Isidro en el restaurante más popular de la ciudad? —pregunté.

—Cuando Sandra me dijo su nombre y ocupación, le hice la misma pregunta. Ella dijo... regresa a mi oficina en una hora más o menos y te daré la respuesta. Padre Jack, te lo digo... no puedes inventar estas cosas; ¡Sandra es increíble! ¡Que bendición! Mientras viva, nunca encontrará otra secretaria como ella.

—Después de lo que vi hoy, hermano, ¡no creo que vuelva a tener otra misión como esta! Entonces, regresaste en una hora; ¿tenía la información?

—¡Si! ¡Si! —exclamó hermano emocionado. —Esto es lo que está pasando: el Padre Gómez le debe a Kiko diez de los grandes... y en dólares. Así que Kiko envió a su sicario, Ramón, a visitar a Gómez.

—¿Pero en un lugar público? ¿En un restaurante súper popular, a la altura de la multitud de cenas?

—Gran observación, Jack. También estaba confundido, así que le pregunté a Sandra al respecto. Dijo que hay método en esta locura; enviando a su sicario a 'una visita informal' con el Padre Gómez inesperadamente mientras estaba cenando solo, como es su costumbre, en el siempre popular *Miguel's*, estaba enviando a Gómez un mensaje de que no solo lo mataría, sino que primero lo humillaría y borraría por completo su reputación al permitir que toda la ciudad conociera la profundidad de su participación con Kiko y su cartel de la droga. En otras palabras... sería una muerte lenta y dolorosa. O, como los criminales en casa lo articularían en perfecto lenguaje de Brooklyn Brooklynés: *"Oye, padrecito, Kiko dice que te caigas con los diez grandes, rápido ¡o estarás cargando margaritas!"*

—Hermano —le pregunté— ¿Espero que no le hayas preguntado a Sandra de dónde sacó estas cosas?

—Por supuesto que no, Jack; lo sé mejor que eso. Ya he recorrido este camino antes, como bien sabes.

—Sé esto mucho, hermano. Sandra es una secretaria extraordinaria... ¿pero tú? ¡Eres un tesoro!

—*"Soy un sirviente inútil."* (Lucas 17: 10) —respondió el hermano en voz baja, algo incómodo con un cumplido tan alto proveniente de un sacerdote que admiraba.—

CAPÍTULO VEINTISÉIS

—Buenos días, Padre Jack —dijo Sandra, mientras se sentaba en la silla de su oficina— mañana es 12 de diciembre, el gran día... la fiesta de Nuestra Señora de Guadalupe.

—Va a ser hermoso, Sandra. ¿Cómo van las cosas para la fiesta?

—Todos los que tienen un papel... ya sea un puesto de juegos, un puesto de comida, en los juegos mecánicos, seguridad, lo que sea... están listos para comenzar. Pero debo agregar que, aunque parecen estar tratando de ocultarlo, puedo sentir en la mayoría de ellos un poco de preocupación.

—¿Preocupación? ¿Por qué crees que estén así?

—Durante las últimas dos semanas, a cualquier lugar de la ciudad al que hayan ido, cada vez que encendían la televisión o la radio, veían o escuchaban un anuncio de la Fiesta del Padre Gómez en la Parroquia San Isidro. Sienten que todo su arduo trabajo y preparación habrá sido en vano y que sufrirán vergüenza y humillación pública debido a una participación patéticamente baja.

—Si todos nuestros feligreses asisten, será una presentación respetable y no cubriremos los gastos. Sin embargo, para obtener ganancias necesitamos que participen los feligreses de San Isidro; situación que ya sabemos que no va a suceder, pero eso está bien. Lo principal es que nuestros feligreses disfruten de una fiesta... y estoy seguro de que lo harán. No te preocupes Sandra, me reuniré esta noche con los voluntarios involucrados en la fiesta, y discutiré todo esto con ellos. No quiero que nadie se sienta disminuido por las acciones despiadadas del Padre Gómez... ¡esos días se acabaron! Tendremos una fiesta maravillosa porque esta es la parroquia de la *Virgencita*, y ella estará aquí con nosotros.

—Padre —comenzó Sandra,— a juzgar por todo lo que acaba de decir, supongo que aún no ha escuchado las buenas noticias.

—Si ese es el caso... que has escuchado algo que yo no he escuchado... ¡ciertamente no sería la primera vez, ni será la última! Por favor, Sandra... dime las buenas noticias que aún no he escuchado.

—¿Alguna vez has oído hablar de una mujer llamada Graciela De La Cruz?

—No, Sandra, no lo creo.

—Graciela es originaria de San Isidro, pero ahora vive en Chihuahua. Ella es una de las mujeres más ricas de México. Ella y su esposo poseen, entre muchas otras cosas, las dos minas que forman parte de su misión. Graciela y Mónica Trujillo, hermana de Sara Davis, crecieron juntas aquí en San Isidro. Tan pronto como Mónica se enteró de la fiesta 'orquestada' del Padre Gómez, se puso en contacto con su amiga de toda la vida, Graciela, para informarle sobre este triste acontecimiento. Graciela tiene la hermosa costumbre de regresar a su ciudad natal cada 12 de diciembre para participar de la misa y fiesta en la parroquia en la que fue bautizada: la Parroquia de San Isidro.

Pero cuando escuchó la noticia que Mónica compartió con ella, se sintió profundamente herida y sintió que todo el asunto era un terrible insulto contra la Reina de México. Por lo tanto, por esta razón, y porque hay una parroquia nueva en San Isidro que podría necesitar su apoyo, y dicha parroquia simplemente está bajo el patrocinio de la Virgencita, en lugar de asistir y apoyar la fiesta en la Parroquia de San Isidro, ¡este año, ella vendrá a la nuestra!

—Sandra, ¡esta es una noticia increíble! ¡Verdaderamente increíble! ¿Crees que la gente de San Isidro sabe de esto?

—Oh, sí, Padre; algo así es enorme aquí en San Isidro.

—Así que esto traerá mucha más gente a nuestra fiesta, ¿verdad?

—Si y no. Mis fuentes me dicen que el Padre Gómez está haciendo correr la voz de que Graciela es una traidora a su parroquia natal y nadie debería seguir su ejemplo y venir a nuestra fiesta. Al mismo tiempo, su gente está más decidida que nunca a asistir a nuestra fiesta para manifestar su agradecimiento por la noble decisión de Graciela en su favor. Entonces, se han trazado las líneas de batalla. Lo que tenemos aquí es una especie de mini "guerra civil"; algo con lo que la gente de San Isidro está bastante familiarizada porque el estado de Chihuahua fue uno de los principales lugares de la Revolución Mexicana, con Pancho Villa y su feroz *División del Norte*.

Esto es lo que probablemente sucederá, Padre: Todos... y quiero decir que *todos*... de nuestra gente se presentarán y participarán. Allí verá familias enteras con sus hijos más pequeños y también con sus miembros mayores. Se verán alineados con Pancho Villa y su revolucionaria División del Norte. Y el pueblo vera al Padre Gómez alineado con el opresivo Gobierno Federal. Te verán como el General Pancho Villa... y el Padre Gómez como el corrupto presidente mexicano Porfirio Díaz.

—Hablas en serio, ¿no es así, Sandra?

—Si.—

—¡Es increíble! No sé si reír o llorar. ¿Qué pasa con Graciela... quién será vista como ella?

—Probablemente la verán como: *La Corregidora.* Ella fue la gran heroína de la Guerra de Independencia de México.

—Ahora, estoy perdido.

—El Padre Miguel Hidalgo y varios otros insurgentes clave se reunieron en Querétaro en la hermosa casa de Josefa Ortiz Domínguez, quien era la esposa del *corregidor*, magistrado de la Corona en Querétaro. Pretendiendo ser una sociedad literaria, estas reuniones conspirativas se llevaron a cabo bajo la protección de Josefa, *La*

Corregidora, y fueron de suma importancia para sentar las bases intelectuales y políticas de la revuelta contra España. ¿Puedes ver ahora por qué Graciela probablemente será vista de esta manera?

—La verdad, Sandra, estoy tan confundido por todo esto, ¡ya no puedo ver nada! Pensé que íbamos a tener una hermosa fiesta. ¿Pero ahora estamos retrocediendo en el tiempo y vamos a revivir toda la tempestuosa historia de México?

—Padre... ¡bienvenido a México! ¡Cálmate! ¡tómalo con calma! ¡Esto es lo que hacemos y como somos los mexicanos! ¡Nos encanta este tipo de cosas! De hecho, ¡esta es la razón *por la que* la fiesta será espectacularmente hermosa! La gente está animada y motivada; ¡están amando cada minuto de esto! No es como lo ves. ¡Esto es pura diversión para nosotros!

—Está bien... lo entiendo ahora, Sandra; es una cosa cultural. Gracias por educarme una vez más, Sandra... realmente lo aprecio. A veces olvido que estoy aquí principalmente para aprender. En cualquier caso, ¿necesitamos preparar algo especial para Graciela? ¿Cuándo crees que llegará?

—Mónica la traerá aquí unos diez minutos antes de que comience la misa, y se sentarán juntas en el banco delantero. Se quedarán para la misa y las Mañanitas que siguen a la misa; luego se irán. No necesitas preparar nada especial para Graciela, la *Corregidora*.

—Me di cuenta de eso, Sandra; ¡espero que no me empieces a llamar *Pancho Villa*!

—No... ¡solo *Pancho*!

—¡Sandra!

—Solo estoy jugando contigo, Padre... ¡*Cálmate*! Ya ves... ¡ya nos estamos divirtiendo! ¡Esta será la mejor fiesta de todas!

—¡Hey... buenos días a todos! ¿Cómo estamos aquí este buen día? —anunció Brian, mientras entraba alegremente a la oficina.

—Aparte del hecho de que estamos en medio de una guerra civil entre nuestra parroquia y la Parroquia de San Isidro... ¡las cosas no podrían ser mejores! —dije mientras miraba a Sandra, que tenía una gran sonrisa.

—¡Qué! —exclamó Brian. ¿Qué está pasando, Jack?

—Oh, nada en realidad, Brian. No es tan malo como parece; solo algunas cosas típicas de la cultura mexicana. Será muy divertido... ¡la 'cereza del pastel' de la fiesta!

—Disculpe por interrumpir, Padre, pero ¿le hablé del corredor tarahumara que pasó por la oficina hace una hora? —preguntó Sandra.

—No, Sandra. ¿Tenía otro mensaje que entregar? —No es un mensaje, Padre, pero dejó estos binoculares. Dijo que eran tuyos y que la persona a la que se los prestaste dijo: '*Gracias*'.

Brian tomó los prismáticos, los inspeccionó, luego, satisfecho de que estuvieran en perfecto estado, me los entregó con una pequeña sonrisa que delataba su profundo asombro.

—Sabes, Padre Jack —comenzó Brian— estoy muy contento de estar aquí para presenciar todas estas cosas. Habría apostado mi casa en Brooklyn de que nunca volverías a ver esos binoculares. ¿Cómo sabes estas cosas?

—No sé nada, Brian; esa es la clave. Y como sé que no sé, me abro a lo que Dios sabe... y me humillo ante su providencia y sabiduría. San Pablo nos dice que, como discípulos de Jesús, tenemos la capacidad de ponernos la mente de Cristo. Y cuando lo hacemos, vemos las cosas de manera muy diferente; los vemos como nuestro Padre los ve.

—La única manera en que alguna vez tendremos éxito en nuestra misión es si tenemos la mente de Cristo... porque es su misión y él es el único que puede llevarlo a cabo. Brian, Sandra tiene una noticia increíble sobre una mujer llamada Graciela que compartirá contigo. Tengo una serie de tareas de última hora relacionadas con la fiesta de la que tengo que encargarme.

—Ya sé de Graciela De La Cruz y Mónica. Eduardo está afuera preparando algunas cosas para el gran día, ¡y me llamó aparte y me dio la buena noticia! ¿Qué es esto de una 'guerra civil'?

—Oh, no es nada, Brian. De hecho, es muy tonto. Como Graciela ha decidido participar en nuestra fiesta, a diferencia de la de San Isidro, que era su costumbre desde hacía muchos años, el Padre Gómez está celoso y se siente traicionado.

—¿Y cómo cree que nos sentimos acerca de que esté socavando nuestra fiesta? —observó Brian.

—Su mentalidad solipsista no le permitirá considerar consideraciones tan irrelevantes, Brian.—

CAPÍTULO VEINTISIETE

—Mónica y Graciela deberían estar aquí en cualquier momento, hermano Gabriel —dije,— Luis tiene *El Grupo Folklórico de Tepeyac* escondido de manera segura al otro lado de la calle en la casa de Elsa, y llegarán a la entrada de la iglesia al final de la misa cuando Brian les dé la señal. Eduardo servirá como nuestro encargado de iluminación y apagará todas las luces en la iglesia inmediatamente después de la respuesta de la congregación al despido. Luego, después de mi introducción, las trompetas sonando... el grupo de música hará su entrada espectacular y avanzará a través de la iglesia oscurecida hasta el frente del santuario. Tocarán sin parar durante aproximadamente cuarenta y cinco minutos pasando de una canción a la siguiente.

Tengo muchas ganas de ver a Luis y El Grupo, Jack. Estaba afuera, en el patio, revisando los puestos y puestos de la fiesta. Todos los voluntarios están listos y de buen humor. Se sienten muy honrados y animados por la asistencia de Graciela, y se maravillan de la cantidad de personas que ya están aquí para la misa. Los únicos asientos que quedan en la iglesia son los dos asientos delanteros reservados para Mónica y Graciela. Los voluntarios me decían que más gente llegará durante la misa y por las Mañanitas. Y muchos más llegarán para la fiesta en sí, que comienza inmediatamente después de la serenata de *La Virgencita.*

—Mira, aquí están Hermano; vayamos a saludarlos —susurré, al ver a Mónica y Graciela en la puerta lateral de la iglesia, cerca del santuario.

—¡Buenas tardes, señoras De la Cruz! Bienvenidas a nuestra humilde parroquia. Soy el Padre Jack, y este es el Hno. Gabriel. Muchas gracias por venir a nuestra misa de fiesta esta noche; ¡nunca sabrán cuánto significa para nosotros su presencia aquí esta noche! El hermano Gabriel las acompañará hasta sus asientos. Por favor, discúlpenme; el sol se ha puesto y ahora es el momento de comenzar la misa.

Cuando el hermano acompañó a Mónica y Graciela a sus asientos, la congregación vio a Graciela y estallaron en un gran aplauso. Los feligreses sabían muy bien que al desairar a la Parroquia de San Isidro y asistir a nuestra fiesta, había puesto en su contra a la mayor parte de la población de la Ciudad de San Isidro. También sabían que ella estaba dispuesta a sufrir esta pérdida de popularidad principalmente por su profundo amor por Nuestra Señora de Guadalupe. Con este tipo de sentimientos fluyendo a través de los corazones y mentes de los feligreses, el hermano y yo sabíamos que la misa sería nada menos que extraordinaria.

En primer lugar, para el momento de las lecturas, la iglesia estaba tan llena que, para dar cabida a más personas, tuvimos que invitar a los adolescentes a que vinieran y se sentaran en el suelo del santuario. Luego hicimos que los ujieres abrieran todas las puertas de la iglesia para que la gente de afuera pudiera ver y participar en la misa de la fiesta. A medida que avanzaba la misa, era imposible no darse cuenta de que la gente seguía llegando. En el momento de la consagración, ¡era bastante obvio que la multitud afuera era más grande que la multitud de adentro!

El pronóstico de Sandra que, toda la parroquia se presentaría, estaba resultando correcto. Era como si viviéramos Lucas 14:13: *"Cuando des un banquete, invita a los pobres, a los lisiados, a los cojos ya los ciegos."* La gente traía a sus seres queridos que estaban enfermos o discapacitados; personas con muletas y sillas de ruedas... personas con oxígeno o conectadas a una vía intravenosa. Tal era el nivel de amor y confianza que tenía la gente por su Santa Madre: su Reina. Los feligreses creían que esta primera misa de fiesta en su nueva parroquia sería un momento histórico con bendiciones especiales, y querían que todos en su familia estuvieran allí, muy especialmente aquellos miembros que estaban sufriendo.

La misa se desarrolló maravillosamente, y las respuestas de la congregación fueron tan fuertes y contundentes que parecieron más vítores. Cuando nos acercábamos a la conclusión de la misa, la emoción y la anticipación en la iglesia era palpable. Todos en la iglesia sabían que en tan solo unos minutos ese momento especial que estaban esperando sucedería; la iglesia se oscurecería y los mariachis entrarían, cantando y tocando a todo volumen en la oscuridad total. Por supuesto, solo un pequeño número de feligreses sabía que esta noche, los mariachis no harían la serenata.

Justo antes de la Bendición Final, el Hno. Gabriel me miró e inclinó la cabeza de tal manera, como diciendo: *Si este experimento funciona, todos aquí nunca olvidarán esta noche, pero si falla, ¡saldremos corriendo de la ciudad en un tren!* De alguna manera, y realmente no entiendo cómo, pero de alguna manera, sabía que iba a funcionar. No estaba preocupado en absoluto. Sentí que no solo funcionaría, ¡sino que sería una sensación! Algo que tocaría el corazón y el alma de todos en esa iglesia. Sabía que esta noche, esta serenata especial, sería el *tiro de gracia* para el Padre Gómez y su largo reinado de denigración y explotación. En tan solo unos minutos, la oscuridad daría paso a la luz de un nuevo día. ¡Se acercaba la redención de San Isidro!

—...nuestra misa ha terminado, vayan en paz. —proclamé.

—¡Demos gracias a Dios! —respondió la congregación, rotundamente.

La palabra: "Dios", apenas salió de sus labios, cuando toda la iglesia se oscureció por completo.

—Hermanos y hermanas; con nosotros esta noche desde la Ciudad de México, por favor denle la bienvenida a: *¡El Grupo Folklórico de Tepeyac!*

Entre los toques de trompeta, el canto, los vítores y los aplausos, ¡es un milagro que la iglesia no se derrumbó! Y todo esto se hizo en completa y absoluta oscuridad, ¡nadie podía ver nada! Entonces, en este punto, nadie sabía que los músicos y cantantes que pasaban junto a ellos por el pasillo central no eran mariachis, sino que en realidad eran miembros de su propia parroquia, vestidos con ropas indígenas que se parecían a las de Juan Diego. Y en cuanto a Hilario, el violinista, ¡era un juez sobrio y tocaba como un violinista virtuoso actuando en el Lincoln Center de Nueva York!

Cuando el grupo de música llegó al punto medio de la iglesia, Eduardo, nuestro "equipo de iluminación", encendió el reflector que ilumina la imagen de tamaño natural de *La Morenita*, de Nuestra Señora de Guadalupe que estaba colocada en la parte posterior muro del santuario. Esta luz era lo suficientemente fuerte como para darle un poco de luz suave a todo el santuario, e incluso irradiaba un suave resplandor hasta los primeros bancos.

Así que cuando el grupo de música se acercó al frente de la iglesia, la gente comenzó a darse cuenta de que no eran mariachis, sino más bien, un grupo indígena de algún tipo, cada uno de los cuales se parecía sorprendentemente a… ¡Juan Diego! Cuando todo el grupo finalmente llegó al espacio frente al santuario y se dispersó, la congregación se dio cuenta de que se trataba de sus compañeros feligreses... niños, adolescentes y adultos.

Me impresionó mucho la cantidad de entusiasmo expresado cuando la compañía entró por primera vez en la iglesia en la oscuridad. Pero lo que se desarrolló en este punto, bajo el suave resplandor de la luz radiante que se reflejaba en la imagen de Nuestra Señora, fue realmente impresionante. Un rugido tan alegre y sostenido se levantó en la gente que sabía con certeza que, en cualquier momento: ¡el techo de la iglesia, de hecho, se derrumbaría sobre nosotros!

Todos cantaban con el corazón y se movían con la música. Mucha gente aplaudía al ritmo. La emoción era tan intensa y tan fuerte que la gente no sabía qué hacer con ella; no lo esperaban y fueron tomados con la guardia baja. Mucha gente simplemente se volvió hacia sus vecinos y los abrazó... tan conmovidos estaban por la belleza, sencillez e inocencia del *Grupo Folklórico de Tepeyac.* ¡Pero lo más sorprendente y creo que lo más significativo fue que todos estaban llorando! Incluyéndome a mí. ¡Graciela y Mónica se abrazaban y lloraban a lágrima viva! Finalmente, Graciela no pudo soportarlo más... tenía que ser una parte sustancial de este fenómeno indescriptiblemente hermoso. Vencida por el poderoso amor que se expresaba en todas partes de la iglesia, abandonó los confines de su banco, caminó hacia el santuario y se paró en la fila con los cantantes, como diciendo: *¡Soy uno de ustedes!*

Entonces Mónica se adelantó y se situó detrás de Graciela, y antes de que te dieras cuenta, tanta gente como pudo se adelantó y llenó el espacio entre los cantantes y los primeros bancos. Era como si la gente dijera: *queremos que nuestro canto esté lo más asociado posible al tuyo porque sabemos lo agradable que es tu Grupo Folklórico de Tepeyac para La Virgencita.*

Decir que el experimento de "retorno a la tradición más antigua" fue un éxito sería realmente quedarse corto. Fue un fenómeno espiritual y humano que nadie esperó jamás, y nadie que estuvo allí jamás olvidará. El sentimiento y el fervor estaban en un tono tan alto que, si hubiera ido más lejos, fácilmente podríamos haber cruzado la línea y haber entrado en esa zona indeseable conocida como: ¡PANDEMÓNIUM!

CAPÍTULO VEINTIOCHO

Una semana después de la fiesta, Sandra recibió una llamada de la oficina de Graciela. La persona que llamó, Teresa Delgado, era una joven que se desempeñó como asistente ejecutiva de Graciela. Ella estaba llamando en nombre de la señora De La Cruz para decir cuánto disfrutó de la fiesta. Teresa también dijo que ella misma vendría a San Isidro al día siguiente para una reunión de negocios y que, como había escuchado tanto sobre el Padre Landon, le encantaría conocerlo y almorzar con él. Ella sugirió que se encontraran, si es posible, a la 1 pm, en el restaurante más nuevo de San Isidro llamado: *Ángel de la Finca*, llamado así por el ángel que ayudó a Isidro en los campos. Agregó que, por supuesto, el almuerzo lo cubriría el despacho de la señora De La Cruz.

Teresa tenía unos veinticinco años y había llegado temprano al restaurante, antes que yo. Y aunque el restaurante estaba lleno, ella había sido lo suficientemente sofisticada como para hacer una reserva solicitando una mesa cerca de uno de los ventanales con vista a las hermosas colinas del desierto. Después de una cortés presentación, el Padre Jack le preguntó a Teresa si ella, como Graciela, también era de San Isidro.

—Sí, Padre Jack, lo soy; nacida y criada.

—Qué lindo, Teresa. Entonces, tú y Graciela tienen muchas cosas en común... lo que probablemente sea muy útil en vuestro trabajo.

—Lo es, Padre Jack... extremadamente útil. De hecho, esa es la razón por la que Graciela me envió aquí hoy para reunirme contigo; este almuerzo con ustedes es la reunión de negocios a la que me referí en mi mensaje. Déjame explicarte, Padre Jack, Yo soy los ojos, oídos y pies de Graciela en San Isidro, y sé que tu fiesta, gracias al Padre Gómez, no obtuvo ganancias. Sí, lo alcanzó; pero sin beneficio. Y también sé que, si hubiera obtenido el beneficio que debería haber obtenido, su plan era comenzar la construcción de un Centro para la Educación en la Fe que su parroquia necesita desesperadamente, pero tan pronto como se enteró de la fiesta del Padre Gómez, canceló sus planes para el Centro…

Padre Jack, hoy estoy aquí para decirte que, si lo permites... la señora De La Cruz construirá dicho Centro.

—¡Ay, me alegro de no haberme encogido de hombros ante esta reunión! ¡Por supuesto que se lo permitiré! ¡No puedo creer que esto esté pasando! Teresa... ¡esto es literalmente un sueño hecho realidad! —respondí con una mezcla de gran sorpresa, emoción y gratitud.

—¡Genial, Padre Jack! Graciela estará muy complacida de conocer su entusiasta respuesta. Entonces, así es como trabaja Graciela: siendo de San Isidro, yo supervisaré todo el proyecto. Trabajando en mi equipo estará uno de nuestros arquitectos y uno de nuestros constructores. Nos reuniremos con usted lo antes posible en el sitio propuesto y escucharemos sus pensamientos sobre el Centro. Luego, nuestro arquitecto elaborará un plan y nuestro constructor lo comenzará. ¿Como suena eso?

—¡Suena como un coro de ángeles desde lo alto, Teresa! ¡Y esos ángeles son tú y Graciela!

—Qué lindo, Padre Jack... ¡gracias! Le comunicaré tus amables palabras a Graciela. Bueno, entonces... ¡está hecho! Aquí está mi número; llámame cuando estés listo para que visitemos el sitio.

—¡Estoy listo! —dije con emoción. —¿Qué tal mañana al mediodía? Le pediré a nuestra cocinera que prepare sus famosos chiles rellenos y podremos continuar nuestra conversación y disfrutar del almuerzo juntos después de su inspección del sitio. Además, me encantaría que conocieras a Brian y al Hno. Gabriel.

—Suena como un plan, Padre Jack; nos vemos mañana al mediodía. ¡Adiós!

Unos días después de este alegre almuerzo, hubo un mensaje en el teléfono de nuestra casa del Padre Gómez me invitó a visitarlo en su ranchito privado, en las afueras de San Isidro. No fue una invitación a cenar; aparentemente, solo quería hablar conmigo.

—No vayas, Padre Jack; podría ser una trampa —protestó el Hno. Gabriel.

—Gracias, hermano, pero realmente dudo que sea una trampa. ¡Él es el que está en una trampa! Recuerda... ¡Kiko ya le advirtió, a través de su sicario, que está en la lista corta de los que se está preparando para 'golpear'!

Manejé hasta el ranchito, que estaba a no más de diez minutos fuera de la ciudad. Estaba muy bien ubicado en la ladera de una colina y ocupaba alrededor de diez hectáreas. Al entrar, pude ver un caballo, un burro, algunas cabezas de ganado y un par de ovejas. El Padre Gómez me recibió en la puerta principal de su casa de adobe bastante grande.

—Estoy tan feliz de que hayas aceptado mi invitación, Padre Jack. ¿Qué te parece mi rancho?

—Es maravilloso, Padre —le respondí.

Nos sentamos en su cómoda sala, mirando por una ventana grande que tenía una vista perfecta de San Isidro en la distancia. La cocinera nos trajo café caliente y galletas caseras.

—Padre Jack —comenzó el Padre Gómez.— Te debo una disculpa... ¡una gran disculpa! Jack, como probablemente ya sepas... soy un jugador compulsivo. Y he hecho mucho daño a la fe en San Isidro, por decirlo suavemente. Dios te envió aquí para arreglar lo que rompí, mientras andaba, año tras año, lastimando a personas inocentes y destruyendo su fe, ideé todo tipo de racionalizaciones para mi mal comportamiento y, por lo tanto, no reconocí ni acepté la responsabilidad por la destrucción que provoqué. Hasta que apareciste. Cuando vi como amabas a los pobres y lo bien que les serviste; cuánto te sacrificaste, cuántos riesgos tomaste por ellos... sólo entonces, a la luz brillante de tu ejemplo, pude ver claramente mi propia oscuridad. Desde el fondo de mi corazón... gracias, Jack. Lo llamé aquí hoy porque quería que fuera el primero en saber que me inscribí en un centro de rehabilitación en El Paso; el programa comienza mañana. Por favor, reza por mí, Jack.

—He estado orando por usted, Padre, desde antes de poner un pie en San Isidro.

—Además, Jack, quería que fueras el primero en saber que me comuniqué con el arzobispo Cantú solicitando permiso para una jubilación anticipada por razones de salud, y él ha concedido mi solicitud junto con su bendición.

—Vaya, Álvaro; suena como si estuvieras comenzando una nueva vida.

—Gracias a ti y al buen Dios... creo que sí, Jack.

—¿Y qué será de la Cooperativa de Crédito? —pregunté, sabiendo que la cooperativa de ahorro y crédito era su conexión con Kiko.

—Se la vendí a un banquero de Chihuahua. Fue un gran dolor de cabeza, Jack. Tenía una gran deuda de juego que saldar. Así que, si alguna vez iba a ponerme en marcha... realmente no tenía muchas opciones; tenía que dejarla ir.

—Parece que tomaste una decisión muy sabia, Álvaro. Bueno... creo que será mejor que vuelva a la parroquia ahora —dije, mientras me levantaba para irme.

—Por cierto, Jack, solo para que lo sepas; esta es tu casa... hay mucho espacio aquí: ¡mi casa es su casa!

—Mil Gracias, Padre.

—Oh, una cosa más, Padre Jack; antes de que te vayas... ¿podrías darme tu bendición?

—¡Con mucho gusto, hermano!—

Sabes, Jimmy, es raro que una persona que es responsable de tanto dolor y sufrimiento encuentre la fuerza para admitir su culpa y asumir la responsabilidad de sus acciones. Un capellán de la prisión me dijo una vez que la mayoría de las personas en prisión piensan que han sido encarceladas por error. Las personas que se han pasado al lado oscuro se vuelven cada vez más débiles, hasta que ya no tienen la fuerza para aceptar la verdad. Dios fue muy misericordioso con el Padre Gómez al permitirle tener esa idea de la verdad sobre sí mismo.

La oración es el único camino hacia la verdad completa sobre el hombre, Jimmy; nunca dejes de orar. Ahora tienes la historia de la misión que pediste. Espero que la disfrutes y lo compartas con tus amigos. Pronto comenzará la aventura de su propia vida. Por lo tanto, ¡es hora de que crees tus propias historias de misiones! En cuanto a mí, quiero agradecerte por haberme pedido una historia porque realmente disfruté recordando y reflexionando sobre todas las maravillas y prodigios que Dios realizó por: *La Redención de San Isidro.*

FIN

www.ingramcontent.com/pod-product-compliance
Lightning Source LLC
Chambersburg PA
CBHW010807250626
47156CB00010B/3024
* 9 7 8 1 9 5 2 4 6 4 7 7 5 *